안톤
체호프를
읽다

세 계 문 학 을 읽 다 11

안톤 체호프를 읽다

최준호 지음

ANTON CHEKHOV

머리말

19세기 러시아 리얼리즘 문학은 전 세계를 사로잡았다. 푸시킨, 톨스토이, 도스토옙스키로 이어지는 이 시기를 두고 '러시아 문학의 황금시대'라고 일컫는다. 이후 20세기 초 정치적 격동기 속에서는 고리키, 솔제니친, 나보코프 등이 러시아 문학을 이끌었다. 하지만 1917년 러시아 혁명 이후 사회주의 체제가 자리 잡으면서 러시아 문학은 점차 위축되기 시작했다.

이 책에서는 19세기에서 20세기로 이어지는 러시아 문학의 징검다리 역할을 했던, 화려했던 황금시대의 마지막 작가 안톤 체호프의 삶과 주요 작품들을 만날 수 있다. 국어 교사의 입장에서 재미난 수업을 설계한다고 생각하면서, 체호프를 반년간 머릿속에 품고 다니며 한 땀 한 땀 정성을 다해 직조해 보았다.

책의 내용은 크게 체호프의 삶과 작품 세계, 작품론으로 나누었다. 체호프의 삶과 작품 세계는 그가 주변인들과 주고받은 편지글을 중심으로 에피소드별로 구분했다. 그리고 작품론은 그의 문학적 변화를 중심으로 해당 시기에 따른 대표작을 가려 뽑아 살펴보았다. 작품론은 세 단계로 나누어 구성했는데, '훑어보기'에서는 작품의 줄거리를 담았고, '살펴보기'에서는 본문에 근거하여 중심 인물들을 분석해 보았다. 끝으로 '톺아보기'에서는 작품에 대해 미처 말하지 못했던 것을 풀어놓거나 다양한 장르의 작품들과 상호 텍스트성을 중심으로 이야기해 보았다.

러시아 문학을 읽는 데 어려운 점 중 하나가 등장인물들의 이름이 너무 길고 어렵다는 것이다. 농담처럼, 러시아 문학에서 사람 이름을 빼면 책 분량이 반으로 줄 것이라 말하기도 한다. 러시아인들의 이름이 긴 이유는 부칭(父稱) 때문이다. 러시아인들의 이름은 '이름-부칭-성'으로 이루어지는데, 여기서 부칭은 아버지의 이름에서 비롯한다. 일반적으로 남성은 아버지의 이름 뒤에 '비치'나 '이치'를 붙이고, 여성은 '브나'나 '나'를 붙여서 만든다. 그러므로 '안톤 파블로비치 체호프'는 '체호프 가문 파블로의 아들 안톤'이라는 뜻이 된다. 그래서 러시아 문학을 읽을 때는 인물표나 인물 관계도를 참고하면 훨씬 읽기가 수월하다. 해당 집필을 하는 과정에서는 등장인물의 이름 전체는 가급적 한 번만 언급한 뒤 '이름, 부칭, 성' 가운데 보편적으로 널리 알려졌거나 혹은 가독성이 높은

쪽을 택해 작성했다.

피천득의 〈은전 한 닢〉에서 늙은 거지가 그토록 갖고 싶어 한 '은전 한 닢'처럼, 살면서 언젠가는 나도 내 이름으로 된 책을 꼭 한번 쓰고 싶었다. 그러던 중 우연한 기회로 나이 마흔에 책을 쓰게 되었다. 집필하는 동안 내 곁에는 언제나 아내와 두 돌을 맞은 딸이 함께했다. 딸이 잠들면 이내 틈을 내어 글쓰기를 반복했던 시간들을 소중하게 간직해 두었다.

나에게 귀한 선물 같았던 이 시간들이 독자들과의 소중한 만남으로 이어지기를 바라본다.

차례

01

안톤 체호프의

삶과

작품 세계

44년. 안톤 파블로비치 체호프의 생은 짧았지만, 그의 작품은 오늘날까지 우리 곁에 남아 있다. 20여 년간의 길지 않은 집필 기간이었지만, 500편이 넘는 다양한 작품들이 발전과 변화를 거듭하며 탄생했다. 그의 문학 세계는 여전히 짙은 안개 속을 걷듯 명쾌하게 해석되지 않는다. 마치 그물에 걸리지 않는 바람 같은, 잡힐 듯 잡히지 않는 체호프의 문학관은 어쩌면 그의 삶과 맞닿아 있다.

그럼 지금부터 톨스토이가 꼽은 세계 최고의 단편 작가이자, 셰익스피어의 작품과 함께 전 세계적으로 가장 많이 공연된 작품들을 쓴 극작가, 인간 체호프의 발자취를 따라가 보자.

1. 농노 신분의 흙수저

러시아 문학 황금기의 대표 격인 알렉산드르 푸시킨과 레프 톨스토이는 명문 귀족 집안 출신이고, 표도르 도스토옙스키는 아버지가 의사였다. 이를 바탕으로 유추하면, 작가의 길을 걷기 위해서는 기초적인 생계유지 수단이 마련되어 있어야 수월하다는 것을 알 수 있다. 언제까지 계속될지 모르는 어두운 터널 속에서 펜과 종이가 배를 채워줄 수는 없는 노릇이기 때문이다.

그러나 안톤 체호프의 할아버지는 주인에게 종속되어 농사를 짓던 농노였다. 다만 그는 근면하고 성실했기에, 1841년 직접 몸값을 치르고 자유 농민의 신분이 되었다. 따라서 체호프의 아버지는 이때까지 농노로서의 어린 시절을 보내게 된다.

가계의 신분 변화 후 20년이 흐른 1861년, 러시아는 농노해방령을 공표한다. 1860년에 체호프가 태어났으므로, 그는 농노해방으로 인한 사회의 격랑과 함께했다 해도 과언이 아니다. 이 시기의 해방 농노들은 토지가 없었기에 주로 소작농이 되거나 공장 노동자가 되었다. 이 과정에서 부를 축적한 일부는 신흥계급으로 급부상하고, 반대로 노동력을 잃어버려 경제적으로 몰락한 귀족들도 생기면서 사회적 불안과 혼란이 발생했으며, 이로 인해 러시아 사회에는 새로운 질서가 필요해졌다.

체호프는 작품 속에서 이러한 시대상을 다양한 계층과 직업을 가진 인물들로 그려냈다. 또 동시대 다른 작가들과는 다르게 일상적이고 평범한 삶, 눈에 잘 띄지 않는 진실 등에 주목하여 형상화했다.

2. 소도시 타간로크의 청소년 가장

체호프는 타간로크에서 7남매 중 셋째로 태어났다. 이곳은 러시아 남부 아조프해의 작은 항구도시로, 흑해와 접해 있어 그리스인, 튀르키예인, 폴란드인, 유대인 등 다양한 민족들과 교류하며 살아간다. 이러한 성장 환경은 체호프의 작품에 중요한 밑거름이 된다.

아버지 파벨은 식료품 가게를 운영하는 소상인으로, 독실한 러시아정교회 신자였다. 또 농노 신분이던 어린 시절 이미 악보를 보는 법과 바이올린 연주법을 익힐 정도로 음악과 노래에 열정을 지니고 있었다. 그는 교육에 관심이 많아 가난한 상황 속에서도 7남매를 가르치려 노력했다. 하지만 엄격하고 잔소리가 많은 데다 매를 자주 들어 어린 시절의 체호프는 성격이 다소 어두웠다고 한다. 또한 주입식 종교 교육을 하고 새벽 예배 참석을 강요해 이후 체호프는 종교에 대해 회의적인 태도를 갖게 된다. 그러나 어린 시절부터 보고 자란 러시아정교회의 문화는 그의 작품 속에 스며들어 다양한 소재로 활용되었다.

아버지와 대조적으로 어머니 에브게니아는 자신이 어린 소녀였을 때 어떻게 러시아 전역을 여행했는지, 크림전쟁 중에 연합군이 타간로크에 가한 폭격 때문에 농민들의 삶이 얼마나 피폐해졌는지 등을 자식들에게 일상의 이야기로 자상히 들려주었다. 또한 생명의 소중함과 사회적 약자 및 동물에 대한 보살핌을 강조했던 현

모양처로 알려져 있다. 훗날 체호프는 "우리의 재능은 아버지에게서 물려받았지만, 우리의 영혼은 어머니에게서 물려받았다."라고 말하기도 했다.

시간이 흘러 체호프는 타간로크 김나지움(중학교)에 입학하는데, 1876년에 아버지가 운영하던 가게가 파산하고 만다. 이에 결국 그의 가족들은 학교에 다니고 있던 체호프만을 남겨둔 채 가게 문을 닫고 빚쟁이를 피해 모스크바로 야반도주하게 된다. 체호프는 남의 소유가 되어버린 집에서 새 집주인의 조카 과외를 하며 숙식을 해결했고, 번 돈의 일부를 가족들에게 보내기까지 하며 학업에 매진했다. 그리고 1879년에 10년의 정규교육을 마치고 우수한 성적으로 김나지움을 졸업한 뒤, 장학금을 받아 모스크바 의과대학에 진학해 가족들과 다시 합류한다. 우리나라로 치면 소년 가장이 서울대학교 의과대학에 합격한 셈이니, 그의 삶 역시 한 편의 극작품이라 할 만하다.

이렇듯 온갖 고생을 한 사춘기 시절은 체호프의 작품에서 일상성의 산실이 된다. 물질적인 것만을 추구하는 소시민의 삶, 변화와 발전의 가능성이 없는 삶. 희망과 기회를 잃어버리고 고통이 일상이 된, 멈춰버린 듯한 그 시절. 밥 먹듯 아버지에게 매를 맞고, 과외 자리를 찾아 헤매고, 늘 한 끼를 해결하기 위해 급급했던 체호프의 그 시절이 소설 속에 끊임없이 등장하는 일상성의 재현을 통해 드러난 것이다.

3. 모스크바 의대생 안토샤 체혼테

모스크바로 거주지를 옮긴 뒤에도 체호프의 궁핍한 삶은 계속 이어졌다. 학비는 장학금으로 충당할 수 있었지만, 생계를 위해서는 다른 수입원이 필요했다. 그래서 그가 선택한 것은 글쓰기였다. 단지 돈을 벌기 위해 시작했던 이 일이 삶을 통째로 바꿔놓을 줄은 그조차도 전혀 알 수 없었을 것이다. 그는 의학 공부를 계속하면서 틈틈이 신문, 잡지에 글을 써 보냈고, 거기에서 나오는 원고료로 부모와 세 동생을 뒷바라지했다. 당시 의대생 체호프는 훌륭한 의사가 되는 것만이 목표였으므로, 그 원고들에는 '내 형의 동생', '환자 없는 의사', '쓸개 빠진 놈' 등 우스꽝스러운 필명들을 사용했다. 그중 '안토샤 체혼테'는 그가 가장 즐겨 쓰던 필명이었다. 체호프는 싸구려 잡지에 유머 작가로서 자신의 본명이 쓰이는 것을 원치 않았던 것이다.

　'체혼테'라는 필명의 유머 작가로 활동한 시기는 1880년에서 1885년까지이다. 당시 그는 1년에 100편가량의 작품을 쏟아냈는데, 대체로 일상의 장소에서 황당한 일이 발생하거나 어리숙한 인물이 터무니없는 말과 행동으로 비웃음을 유발하는 식의 전개였다. 사회문제를 꼬집거나 특정 계급을 풍자하기도 했으나, 단순히 웃음을 위한 도구로 활용했을 뿐 문제의식을 드러내지는 않았다. 그래서인지 본격적으로 본인의 이름을 썼던 시기에 비해 큰 주목을 받지는 못한다. 하지만 생계를 위한 다작을 하면서 작가로서 편집자와 독자들의 요구를 정확히 파악할 수 있게 되고, 적은 분량으로도 시사성과 유머를 동시에 잡을 수 있게 되는 등 대문호 안톤 체호프가 떠오르기 위한 여명의 시작이기도 했다. 이 '체혼테 시기'에 쓰인 〈관리의 죽음〉이나 〈내기〉 등은 지금도 널리 읽히는 작품 중 하나이다.

1884년, 24세에 체호프는 대학을 졸업하고 의사가 된다. 하지만 이 무렵 처음으로 각혈을 하게 되었고, 이후 폐결핵은 평생을 따라다니며 그를 괴롭게 했다.

4. 문학가 안톤 체호프

영웅이 등장하는 이야기 속 주인공은 비범한 능력을 지녔음에도 온갖 고난과 역경을 겪다 뜻밖의 조력자를 만나게 된다. 그리고 그 조력자를 통해 성장한 주인공은 결국 위기를 극복하고 승리자가 된다. 체호프의 삶에서도 그러한 과정을 엿볼 수 있다.

1885년 12월, 체호프는 유머 주간지 〈단편들〉의 발행자 레이킨의 초대를 받아 상트페테르부르크로 간다. 그리고 그곳에서 인생의 조력자 드미트리 그리고로비치와 알렉세이 수보린과 처음 만나게 된다.

러시아 문학계의 원로 작가였던 그리고로비치는 인상 깊은 작품을 남기지는 못했다. 하지만 청년 시절, 도스토옙스키의 데뷔작 《가난한 사람들》을 알아보고 출판인 네크라소프에게 달려가 내보이며 도스토옙스키가 위대한 작가로서 발돋움할 수 있도록 길을 열어준 인물로, 문학적 재능을 알아보는 선구안을 지녔다. 그런 그가 1886년 3월 25일, 체호프에게 격려와 질책의 내용이 담긴 편지를 보낸다.

당신에게는 재능이 있습니다. 지금까지의 우리보다 월등히 나은 신세대 작가의 재능 말입니다. 나는 내 신념 때문에 이런 이야기를 하는 겁니다. 나는 예순다섯 살이지만, 문학을 사랑하는 마음만큼은 젊었을 때와 다르지 않아 문학의 발전을 늘 관심 있게 지켜봅니다. 그러다가 마음을 사로잡는 새로운 무언가를 발견하면 뛸 듯이 기쁘지요. 지금 이렇게 말입니다. 나는 이 내 마음을 주체하지 못하고 당신에게 두 손을 내밀고 있어요. 이제 글을 날림으로 쓰는 짓은 그만두세요. 나는 당신의 경제적 상황이 어떤지 알지 못하지만, 만약 낙관적이지 않다면, 옛날에 우리가 그랬듯이 굶주리는 길을 선택하세요. 당신을 스쳐가는 특별한 인상들을 졸속으로 내갈기지 말고, 보다 성숙하고 완벽한 집필을 위해 잘 간직했다가 영감이 떠오르는 행복한 시간에 찬찬히 써 내려가세요. 그러한 작품 하나가 여기저기 잡지나 신문에 실리는 수백 편의 멋진 이야기들보다 수백 배는 더 높은 평가를 받습니다.

이전까지 체호프에게 글쓰기란 생계를 위한 수단에 불과했을 것이다. 그러나 그리고로비치의 편지를 받은 후 체호프는 '체혼테' 속에 숨겨져 있었던 문학의 꽃을 발견하게 된다. 체호프는 곧바로 그에게 답장을 보낸다.

이렇게 제 마음을 사로잡아 더없는 기쁨을 안겨준 선생님의 편지를 받고서 저는 마치 번개를 맞은 듯했습니다. 너무 감격한 나머지 눈물이 앞을 가릴 정도였어요. 지금 저는 이 편지가 제 영혼에 얼마나 깊은 흔적을 남겼는지 온몸으로 느끼고 있습니다. 보통의 사람들이 선생님과 같이 선택받은 분들을 어떤 눈으로 바라보고 있는지 잘 아시리라 믿습니다. 그렇다면 그런 선생님의 편지를 받은 제가 얼마나 큰 자부심을 느끼는지도 충분히 헤아려주실 수 있겠지요. 이건 이 세상 어떤 자격증에도 비할 수 없이 값지며, 저 같은 신출내기 작가에게는 현재와 미래를 위한 보수입니다. 제가 이렇게 많은 보수를 받아도 될 자격이 있는지, 지금은 판단할 여력조차 없네요. 저는 지금까지 제 글쓰기에 대해 깊이 생각하지 못했고, 너무 경솔하고 부주의했습니다. 하루 이상을 매달려 고민하고 쓴 이야기가 단 하나도 없었습니다. 기자들이 커다란 화제에 대한 기사를 쓰듯이, 독자들이나 저 자신을 생각하지 않고 적당히 기계적으로 써 내려갔었던 것입니다.

이때부터 체호프는 유머 단편보다는 밝은 일상 속에 가려진 어

둡고 무거운 삶의 단면들을 소재로 글을 쓰기 시작했다. 또 지식인으로서의 사회적 책임감을 가지고 1886년 〈추도회〉부터 자신의 본명을 사용해 전업 작가로서 활동하기 시작했으며, 이어 희곡 〈이바노프〉, 중편소설 〈대초원〉 등을 집필한다. 하지만 오롯이 작가의 길을 걷기에는 가족들의 생계가 늘 그의 마음에 걸렸다.

이때 운명처럼 등장한 사람이 바로 알렉세이 수보린이었다. 그는 당시 인기 있는 일간지의 편집장이었는데, 그 역시 체호프처럼 할아버지가 농노였지만 자수성가하여 서점과 인쇄소, 극장까지 소유했던 대성공의 아이콘이었다. 그리고로비치와 같이 그도 체호프의 재능을 알아보고 고정 지면을 내주었으며, 넉넉하게 원고료도 두 배로 올려 지원해 주었다. 덕분에 체호프는 글의 주제를 제한당하거나 마감에 쫓기지 않게 되었음은 물론 생계 걱정 없이 작품 집필에만 전념할 수 있게 되었다. 수보린은 체호프보다 나이가 두 배나 많았지만, 그의 말년까지 든든한 조력자로서 우정을 나누며 돈독한 관계를 유지한다.

그렇게 본격적으로 문학 활동을 시작한 체호프는 1888년 단편집 《황혼》으로 권위 있는 문학상인 푸시킨상을 수상하는 영광을 누린다. 이때 그는 다음과 같은 겸손한 수상 소감을 남긴다.

물론 제가 특출나서 이런 상을 받은 게 아닌 것은 분명합니다. 저보다 유능하고 훌륭한 젊은 작가들은 얼마든지 있지요. 저는 그저 의사를 겸하는 작가일 뿐이니까요.

평단에서는 그의 글에 정치적 신념이나 메시지가 보이지 않는다며 논쟁을 벌이기도 했지만, 체호프는 반박하지 않고 수긍하면서 본인은 작품에 정치나 이념적 메시지는 담지 않는다고 밝혔다. 1989년 10월 그가 플레셰예프라는 시인에게 보낸 편지를 보자.

저는 문장의 사이에서 경향을 찾아 저를 자유주의자, 혹은 그렇게 간주하기로 결정해 버리는 사람들이 두렵습니다. 저는 자유주의자도, 보수주의자도, 점진주의자도, 성직자도, 무신론자도 아닙니다. 저는 자유로운 예술가가 되고 싶을 뿐, 그 이상 무엇도 아닙니다. 안타깝게도 하나님께서는 제게 그중 하나가 될 기회를 주지 않으셨습니다. 저는 거짓과 모든 형태의 폭력, 당회 비서 및 노토비치와 그라도프스키에 의해 행해지는 모든 것들을 증오합니다. 종교적 위선, 어리석음, 전제주의가 상인들의 집과 감옥에만 군림하는 것은 아닙니다. 저는 과학이나 문학, 요즘 젊은이들에게서도 이런 모습이 보입니다. 그래서 저는 헌병, 학살자, 과학자, 작가, 젊은이를 편애하지 않습니다. 저는 상표와 라벨을 미신이라고 생각합니다. 제게 있어 가장 신성한 것은 신체, 건강, 지성, 재능, 영감, 사랑, 그리고 가장 절대적인 자유, 거짓과 모든 형태의 폭력으로부터 완전하게 벗어나는 것입니다. 이것이 내가 예술가로서 가지고 있는 강령입니다.

당시 러시아에는 작가를 민중의 지도자로 생각하는 경향이 있었다. 그런데 체호프의 편지 내용을 보면, 그는 당시 지식인 계층들이 권력에 기대어 현실과는 괴리된 채 민중의 말로 도덕주의와 이상주의를 외치는 것을 허황되다고 생각하고 있었음을 알 수 있다. 체호프는 타인을 존중하고, 위선적이지 않으며, 평범하고 사소한 것들을 가장 소중하게 생각하는 예술가가 되기를 바랐던 것이다. 그는 시간이 나면 가난한 환자들의 아픔을 돌보고, 서민들의 삶을 가감 없이 관찰해 작품에 스미도록 표현하는 것을 사명이라 생각했다. 그리고 그 결과, 그의 작품 속에 등장하는 인물 2355명의 실제 모습을 있는 그대로 표현해 냄으로써 정치와 파벌에 휩쓸리지 않은 채 당시 러시아의 현실을 사실적으로 그릴 수 있었다.

5. 닥터 안톤 체호프

1888년, 28세에 체호프가 수보린에게 보낸 편지 내용을 보자.

당신은 제게 두 마리 토끼를 잡으려 하지 말고 의학을 포기하라 충고하시지요. 그런데 저는 어째서 두 마리 토끼를 다 잡으려 하면 안 되는지 잘 모르겠습니다. 글자 그대로, 두 마리 토끼 말입니다. 날쌘 사냥개라면 쫓을 수도 있지 않을까요? (중략) 저는 제 직업이 하나가 아니라 둘이라고 생각할 때면 왠지 고무되고, 스스로에 대해 훨씬 만족스럽다고 느낍니다. 비유하자면, 의학은 제 법적 아내이고, 문학은 제 애인입니다. 한쪽이 질리면 다른 쪽으로 가 밤을 보내는 겁니다. 좀 문란하지만 대신 지루하지는 않지요. 게다가 양쪽 모두 제 배신으로 인해 손해를 볼 일이 전혀 없어요. 만약 제게 의학이 없었다면, 나는 여가와 남아도는 생각들을 문학 쪽으로 돌릴 수 없었을 겁니다.

이 편지의 내용으로 미루어 볼 때, 체호프는 작가로서만이 아니라 의사로서의 삶에도 만족했으며 소홀하게 생각하지 않았음을 알 수 있다. 실제로 그는 의대 박사 과정을 밟으며 교수가 되기를 희망하기도 했으나, 러시아의 열악한 사회 조건이 건강에 악영향을 끼치며 이를 극복하기 위한 복지가 필요하다는 논문에 대한 부정적인 평가에 낙심해 교수의 꿈을 접은 것으로 알려져 있다.

1884년에 의대를 졸업한 후 의사가 된 체호프는 이후 1885년부터 1887년까지 개업의로서 환자를 진료했으며, 그 후 본격적인 작가 활동을 위해 병원 문을 닫는다. 의사 시절에 그는 성실하고 꼼꼼하게 환자의 상태를 살폈고, 사회적 약자에게는 진료비를 받지 않았다. 그래서 정보를 공유할 수단이라고는 입소문과 전보, 편지가 전부였던 그때에도 체호프는 널리 명의로 알려져 50km나 떨어진 곳에서도 환자들이 찾아와 줄을 섰다고 한다. 하지만 왕진이 잦고 무상 진료가 많았던 탓인지 의사 체호프는 경제적으로 큰 소득을 거두지 못했다. 이후 전업 작가로 전향하고 나서도 그는 틈나는 대로 가까운 친인척이나 주변의 이웃, 가난한 농민들을 무상으로 진료하며 의료 활동을 계속해 나간다.

여담으로, 이 시절 체호프는 스무 살 위였던 음악가 차이코프스키와 인연이 있었다. 원래 체호프는 오페라를 통해 음악에 큰 관심을 가지고 있었고, 이해도도 높았다. 체호프가 뽑은 러시아 예술가세 명 중 톨스토이 다음으로 두 번째였던 차이코프스키는 1888년에 차이코프스키의 동생을 통해 알게 되었다. 이후 둘은 매우 각별한 사이로 발전했으며, 차이코프스키 역시 체호프를 매우 뛰어난 작가로 여겼다. 1889년 차이코프스키는 체호프가 자신의 작품집에 그의 사진을 싣고 싶다고 하자 직접 체호프를 찾아왔고, 복귀후에는 자신의 서명이 담긴 사진을 선물로 보내기도 했다. 이 사진은 체호프의 가장 행복했던 멜리호보 시절 집에 걸어두었으며, 지금까지도 유품으로 남아 있다. 이후 두 사람은 레르몬토프의 단편〈벨라〉를 바탕으로 오페라를 만들 계획까지 세웠으나, 1893년 차이코프스키가 갑작스레 사망해 안타깝게도 실현되지 못했다.

체호프는 러시아에 콜레라가 유행하던 1892년부터 2년간 멜리호보에서 26개 마을, 7개 공장, 그리고 지역 수도원을 책임지는 임시 군의관을 자진 지원해 새벽 5시부터 몰려오는 환자들을 무료로 진료하며 의사로서 최선을 다했다. 그래서 20세기 중반까지도 그곳의 주민들은 체호프를 의사로 기억하고 있었다고 한다. 또 여러

의학 잡지에도 관심을 기울였으며, 사할린에서는 유형수와 주민들을 만나 유형지 환경과 질병 여부를 조사해 8천 장이 넘는 실태 조사 카드를 만들었다. 이는 그의 삶에도 큰 영향을 미쳤을 뿐만 아니라 러시아 역병학 역사에도 기념비적인 사건으로 남아 있다.

체호프는 종종 "의학 공부와 수련은 나의 문학 활동에 영향을 주었다."라고 밝혔는데, 이는 그의 소설과 극에도 고스란히 나타나 있다. 초창기 유머 작가 시절에는 우스꽝스러운 엉터리 의사를 통해 풍자 의식을 드러내기도 했고, 전염병에 대한 사람들의 경각심을 불러일으키는 여러 소재를 가져와 사용하기도 했다. 또 풍부한 진료 상담 경험으로 인해 인간의 심리적·생체적 변화에 대해 상세한 묘사를 할 수 있었고, 인간 본성에 대한 깊은 이해와 공감을 작품 안에 담아낼 수 있었다.

6. 안톤 체호프의 길, 사할린

작가로서 성공 가도를 달리며 러시아 문단의 주목을 받던 체호프는 1890년 시베리아를 횡단해 사할린을 방문한다. 당시 그는 폐결핵을 앓고 있었고, 횡단 열차가 없던 시절이라 모스크바에서부터 배와 기차, 마차 등을 번갈아 타며 20여 일을 가야 하는 고된 여정이었기에 쉽지 않은 결정이었다.

체호프의 사할린행은 정신적 정체의 해소와 유형지 실태 조사를 위함이었다. 그는 인상기 《사할린섬》에서 여행의 동기를 "이 지긋지긋한 권태! 심기일전을 위해 조국의 변방을 사모했다."라고 밝히기도 했다. 아마도 푸시킨상 수상 이후 주변의 시기와 비판 속에서 이를 뛰어넘을 수 있는 어떤 전략이 필요했던 것으로 보인다.

여담으로, 《사할린섬》에는 일제에 의해 시베리아로 강제 징용되어 해방 후에도 송환되지 못하고 다시마 채취 사업장에서 일하며 살아갔던 한국인에 관한 기록이 있다. 당시 체호프가 우리의 아픈 역사를 알고 있었을지는 모르겠지만, 이 기록은 그다운 객관성과 담담함으로 사할린 거주 한국인에 대해 이야기하고 있다.

나는 《크론쉬타트통보》1880년 제112호에서 '사할린섬, 마우카만에 관한 상당히 흥미로운 몇 가지 정보'라는 기사를 발견했다. 내용은 마우카가 러시아 정부로부터 해조류 채취권을 받은 회사가 있는 곳이었으며, 그곳의 주민은 유대인 3명, 러시아 군인 7명, 그리고 한국인, 아이누인, 중국인으로 구성된 노동자 700명이라는 것이었다.

체호프는 사할린에 3개월간 머물며 죄수들과 주민들의 질병 여부와 환경 실태를 조사하고, 진료와 동시에 집필도 했다. 이때 체호프는 비참하고 극악한 상황에 처해 있는 그들을 보며 비폭력, 무저항을 주장하는 톨스토이 사상을 내려놓는다. 체호프가 1894년

수보린에게 보낸 편지에서 그 사실을 확인할 수 있다.

전쟁도 법정도 악합니다. 하지만 그 사실 때문에 제가 짚신을 신어야만 하고 노동자 부부와 같이 페치카 위에서 자야만 하는 것은 아니지요. 톨스토이는 이제 제게 없습니다. 저의 정신 속에서 이미 그는 사라졌습니다. 그는 제게 "당신의 집을 비워두었소."라고 말한 뒤 떠나갔습니다.

체호프는 사할린에서의 경험으로 인간의 본연을 받아들이기 위한 인간성 해방에 눈을 돌렸다. 또 윤리란 예술을 통해 해결되지 않는다고 생각하게 되었다. 이후 그는 톨스토이의 사상을 버린 빈자리에 진정한 그만의 글을 채워 넣기 시작한다. 이로 인해 그의 초창기 작품에서 찾아볼 수 있었던 선악의 구별이나 대비 등은 점차 사라지고, 작가의 개입이나 가치 판단이 없는 사실적 경향의 작품들이 탄생하게 된다.

7. 체호프 르네상스의 시작, 멜리호보

사할린의 깨달음 이후 2년 뒤, 1892년. 그는 오랜 꿈을 이루게 된다. 바로 모스크바 남쪽 근교 멜리호보에 집과 토지를 구매하게 된 것이다. 아버지의 파산으로 인해 모스크바에서 힘들게 살았던 가족들과 드디어 소박한 전원주택에서 함께 살기 시작했다. 그리고 1899년까지 삶에서 가장 따뜻하고 편안한 날들을 보낸다.

평화롭고 안정적인 삶을 살게 된 체호프는 2년간 콜레라로 고통받는 지역 주민들을 위해 의료 봉사를 했다. 또한 학교, 도서관, 도로 건설과 같은 마을 사업을 위한 기금을 내놓는 등 적극적으로 지역민들을 위한 사회 활동을 펼쳐나갔다. 그는 당대 다른 작가들과는 달리 작품에 '해야만 한다' 같은 이상과 가치를 전면으로 내세우지 않고 일상을 사실적으로 묘사했다. 하지만 정작 본인은 이처럼 현실에서 그 이상과 가치를 몸소 실천하며 살았다. 이러한 '체호프의 아이러니'는 그의 인간 됨됨이를 엿볼 수 있게 한다.

이 시기의 체호프는 사할린에서의 경험을 되새기며 쓴 《사할린섬》, 러시아의 혁명가 블라디미르 레닌이 젊은 시절에 읽고 "나 자신이 6호 병동에 갇힌 느낌, 두려워 창밖으로 뛰쳐나갔다."라고 평한 〈6호 병동〉, 단편 〈롯실드의 바이올린〉과 〈상자 속의 사나이〉, 그리고 오늘날 체호프의 4대 희곡 중 하나로 손꼽히는 《갈매기》 등 주옥같은 명작을 써 내려갔다.

희곡 《갈매기》는 1896년에 완성되어 상트페테르부르크에서 처음 무대에 올려졌는데, 관객의 반응이 형편없었다. 의사소통이 단절된 채 인물 간 감정 교류도 없이 모든 것을 포기해 버리는 암울함을 연출가도 관객도 전혀 이해하지 못한 것이다. 체호프가 그해

10월 조카 미하일에게 보낸 편지에는 그의 상심이 고스란히 드러나 있다.

연극은 완전히 망해버렸다. 극장에는 수치심과 당혹감이라는 억압적이고 긴장된 감정이 맴돌았다. 배우들은 끔찍하리만치 바보같이 연기했다. 나는 이를 통해 희곡을 써서는 안 된다는 교훈을 얻었다.

이후 그는 1897년 3월 수보린과 식사를 하던 중 각혈이 심해져 요양을 위해 니스를 방문한 뒤, 1898년 5월 다시 멜리호보로 복귀한다. 이때 모스크바 국립극장의 창립자인 연출가 네미로비치 단첸코에게 《갈매기》의 상연을 허락해 달라는 부탁을 받는다. 처음 체호프는 초연을 실패한 경험 때문에 거절했지만, 네미로비치 단첸코가 자신의 연출 계획을 들고 와서까지 끈질기게 설득해 결국 재상연을 허락한다. 그리고 1898년 12월 17일, 모스크바 예술극장 개관식에서 《갈매기》가 다시 무대에 올려졌고, 엄청난 박수갈채와 함께 현대 연극사에서 빼놓을 수 없는 한 페이지로 남게 된다.

이후 모스크바 예술극장의 상징은 '갈매기'가 되었으며, 지금도 극장 무대 장막에 갈매기 표식이 수놓아진 것을 확인할 수 있다. 또 체호프는 이 연극을 위한 리허설에서 미래에 부인이 될 올가 크니페르도 처음 만나게 된다. 이래저래 그에게는 운명 같은 작품이 아닐 수 없다.

8. 대문호의 마지막, 얄타

1898년 10월 12일, 체호프는 아버지와 사별한다. 이후 폐결핵이
심해져 정든 멜리호보를 떠나 가족들과 함께 따뜻한 지방인 얄타
로 이주하게 된다.

20대 초반부터 결핵이라는 죽음의 그늘과 늘 함께했던 체호프는
오랜 망설임 끝에 1901년 5월 25일 올가 크니페르와 4인의 증인을
초대해 조촐한 결혼식을 올린다. 하지만 체호프는 작가로서 집필
과 요양을 위해 얄타를 떠날 수 없었고, 올가는 모스크바에서 배우
생활을 해야만 했다. 대신 두 부부는 1899년부터 1904년 그가 숨을
거둘 때까지 5년여간 400여 통의 편지와 전보를 주고받는다.

안톤, 왜 날 보러 오지 않는 거예요? 도대체 당신을 이해할 수가 없어
요. 제가 편지를 쓰지 않는 이유는 당신을 기다리기 때문이고, 또 무
척 보고 싶기 때문이에요. 대체 뭐가 문제예요? 망설이는 이유가 뭐
죠? 나는 이제 무슨 생각을 해야 할지도 모르겠고, 걱정만 앞서요.

　　　　　　　　　　　　　　－ 1900.9.24. 모스크바에서, 올가가

사랑하는 올가, 사랑스러운 나의 배우. 대체 뭐가 그렇게 불만인 건가
요? 내가 큰 잘못이라도 저질렀나요? 용서해요, 내 사랑. 화는 그만
내고요. 나는 당신이 생각하는 것만큼 큰 잘못을 저지른 적이 없어요.

내가 지금까지 모스크바에 갈 수 없었던 건 단지 몸이 좋지 않기 때문이에요. 정말 다른 이유 같은 건 없어요. 나를 믿어줬으면 좋겠어요. 정말이에요. 왜 믿지 못하는 건가요?

－ 1900. 9. 27. 얄타에서, 체호프가

편지와 전보만이 전부였던 그 시대, 보고 있어도 보고 싶었을 체호프와 올가, 옥신각신하는 두 사람의 모습에 입꼬리가 올라간다. 당시 폐결핵이 얼마나 무서운 병인 줄 그는 누구보다 잘 알고 있었을 것이다. 하지만 그럼에도 불구하고 선택한 결혼이었기에 얼마나 체호프가 그녀를 사랑하고 의지했는지, 또 올가는 마지막까지 곁에서 그에게 얼마나 큰 버팀목이 되어주었을지 충분히 짐작할 수 있다. 올가는 남편과 사별한 후 90세까지 산다. 사후 체호프가 '인민을 위해 봉사한 작가'라며 호평을 받았고, 남편의 작품 판권 일부를 인정받게 되어 사회적으로나 경제적으로 어렵지 않게 지낼 수 있었다. 그녀는 남편을 위한 회고록을 쓰기도 했다.

이 시기의 체호프는 얄타에서 마지막 작품 활동에 전념하게 된다. 소설 《롤리타》의 대성공으로 유명한 러시아의 작가 블라디미르 나보코프가 인류 역사상 최고의 단편소설로 꼽은 〈개를 데리고 다니는 여인〉, 그리고 체호프의 4대 희곡 중 《바냐 아저씨》, 《세 자매》, 《벚꽃 동산》 등이 이때 완성되었다. 체호프의 희곡은 기존의 5막 구성과는 차별화된 4막 구성과 인물 간의 관계에서 벗어난 개

별적인 대사, 잔잔한 분위기, 행위 사건 간의 모호성이라는 공통된 특징을 보인다.

1900년에는 작가로서의 성과를 인정받아 러시아 문학 아카데미 회원으로 추천되었다. 그런데 2년 뒤, 사회주의 리얼리즘으로 훗날 20세기 러시아 문학의 대표자가 된 막심 고리키가 반체제 혐의로 아카데미에서 제명 처리된다. 체호프는 이를 반대했지만 받아들여지지 않자 스스로 아카데미에서 탈퇴했다. 그는 여전히 흙탕물에 더럽혀지지 않는 연꽃같이 변함없는 예술가의 길을 걷고 있었기에 이러한 처사를 인정할 수 없었던 것이다.

얄타에서도 의사들이 끊임없이 적극적 요양을 권유할 정도로 체호프의 건강은 점점 악화돼 갔다. 그가 걱정된 톨스토이는 몇 차례나 병문안을 오기도 했다. 그러다 결국 1904년 1월 17일, 자신의 새 연극 〈벚꽃 동산〉의 초연 무대에서 병색이 완연한 모습으로 인사를 하다가 쓰러지고 만다.

체호프 부부는 1904년 6월 독일의 온천 휴양지 바덴바일러에 간다. 도착한 체호프는 빵을 즐기거나, 여름옷을 새로 맞추는 등 병세가 호전되는 모습을 보였다. 하지만 7월 15일 새벽 갑자기 극심한 고통을 호소했고, 자리에서 벌떡 일어나 독일어로 "나는 죽어가고 있다!"라고 소리를 지르기도 했다. 의사가 와서 진료를 했으나 더는 가망이 없었고, 혈압과 호흡 중추를 자극하기 위한 최후의 조치로 아내 올가에게 "그에게 마지막으로 샴페인을 주세요."라고

말한다. 아내가 따라준 샴페인을 입에 머금은 그는 이러한 유언을
남긴다.

　얼마 만에 마시는 샴페인인지!

　그리고 아내를 향해 미소를 지어 보이고는 조용히 눈을 감았다.
이때 그의 나이 44세였다.

　러시아 정부는 체호프의 시신을 특별히 냉동 열차로 운반해 왔
고, 그는 러시아 근현대의 유명인사들이 잠들어 있는 노보데비치
묘지에 안장되었다. 우리나라로 치면 국가유공자의 유해를 송환
해 국립현충원에 안장한 것과 비슷하다고 볼 수 있다.

　이 과정에서 웃지 못할 일화가 있었다. 그의 시신을 운반한 기차
는 '신선한 굴'이라고 쓰인 냉동 화물열차였다. 체호프의 단편소설
중 〈굴〉이라는 작품이 있었다는 점을 생각하면 신기한 우연이다.
그 기차가 도착한 역에는 병에 걸려 죽은 러시아 장군 표도르 켈러
의 장례식이 열리고 있었는데, 군악대까지 동원돼 인산인해를 이
뤘다. 그런데 체호프의 조문객들은 그 군악대가 당연히 체호프를
위한 것으로 굳게 믿고 눈물을 흘리며 표도르 켈러의 장례 행렬을
따라갔다고 한다. 어쩌면 체호프는 세상을 떠나며 잠시 '체혼테'가
되어 우습고 아이러니한 마지막 단편소설을 우리 곁에 남긴 것인
지도 모르겠다.

02

안톤 체호프

작품

읽기

관리의 죽음

The death of a government clerk, 1883

1. 훑어보기

어느 저녁, 회계원 이반 드미트리치 체르뱌코프는 객석 두 번째 줄에 앉아서 오페라 〈코르네빌의 종〉을 보던 중 갑자기 재채기를 하게 된다. 누구라도 재채기는 하는 법이지만, 그는 실수를 사과하기 위해 주위를 둘러본다.

그런데 하필 앞에 앉은 노인은 운수성에 근무하는 브리잘로프 장군이었다. 그는 자신의 대머리와 목을 연신 장갑으로 닦으며 투덜대고 있었다. 당황한 체르뱌코프는 공연 중 장군에게 귓속말로 사과를 한다. 장군은 이내 괜찮다고 말하지만, 그의 사과는 끝날 줄 모른다. 아직 공연 중임에도 잠시 뒤 다시 사과하고, 휴식 시간에도 또 사과한다. 장군은 몇 번이나 다 잊어버렸다고 이야기했지만, 계속되는 사과에 신경질을 숨기지 못한다. 그러자 체르뱌코프는 자신이 일부러 침을 튀겼다고 장군이 오해해서 그런 반응을 보이는 것이라고 생각한다.

　그는 집으로 돌아와 아내와 이 사건에 대한 이야기를 주고받는다. 그리고 아내의 조언에 따라 다음 날 장군에게 해명을 하러 그의 접견실을 찾는다. 많은 청원자들 뒤에 장군을 만나게 된 그는 다시 사과를 한다. 당연히 장군은 대수롭지 않게 여기고 다음 청원자에게 고개를 돌린다.

　이 모습을 본 체르뱌코프는 장군이 아직 화가 난 것으로 알고 다시 해명해야 한다고 생각한다. 그래서 장군이 마지막 청원자와 면담을 끝내고 내실로 향하려 할 때, 황급히 그를 쫓아가며 또 사과한다. 그러자 장군은 울상을 지으며 자신을 놀리는 것이냐고 화를 내고는 문을 닫는다.

　당연히 놀리려는 생각이 조금도 없었던 체르뱌코프는 집에 오는 길에 장군에게 편지를 쓰기로 마음먹는다. 하지만 도무지 무슨 이야기를 써야 할지 몰랐고, 결국 다음 날 장군을 또 찾아가 다시 한번 사과를 한다. 급기야 장군은 파랗게 질려 부들부들 떨며 당장 꺼지라고 소리를 지른다.

　이 지경에 이르자 체르뱌코프의 뱃속에서 무엇인가가 터져버렸다. 그는 아무것도 보이지 않고 아무것도 들리지 않는 상태로 문을 향해 뒷걸음질 쳤다. 그리고 흐느적흐느적 밖으로 걸어나갔다. 기계적으로 걸음을 옮겨 집에 돌아온 그는 관복을 벗지도 않은 채로 소파에 누웠다. 그리고 죽었다.

2. 살펴보기

① 이반 드미트리치 체르뱌코프

체르뱌코프는 이 작품을 이끌고 가는 주인공이다. 자신의 재채기에 대해 제대로 사과하기 위해 고군분투하다가, 체호프의 단편소설에 자주 등장하는 마무리와 같이 갑작스러운 죽음을 맞이한다.

1861년 농노해방령 후 러시아 사회는 급격한 계급의 변화로 혼란이 있었지만, 일단 객석의 두 번째 줄에 앉아 오페라를 관람할 수 있다는 점에서 체르뱌코프는 중간 이상의 상위 계층에 속했을 것이다. 그러나 상대방의 표정이나 몸짓을 오해해 끊임없이 사과를 반복하는 모습을 통해 자존감이 지극히 낮음을 알 수 있다.

[공연 중]
① 용서하십시오, 장군. 제가 침을 튀겼네요. 실수였습니다…….
② 제발 용서해 주십시오. 저는 그저…… 저도 모르게!

[공연 휴식 시간 중]
제가 침을 튀긴 것을 용서해 주십시오, 장군. 전 그저…… 다만…….

[첫 번째 장군 접견실]
① 장군, 기억하실지는 모르겠지만 제가 어제 아르카지이 극장에서

재채기를 하는 바람에 본의 아니게 장군께 침을 튀겼습니다.

② 장군, 외람된 말씀이지만 제가 감히 이렇게나 폐를 끼치게 된 것은 다름 아닌 참회의 감정 때문입니다. 본의가 아니었다는 것을 제발 알아주십시오.

[두 번째 장군 접견실]

장군, 저는 어제 이곳에 왔다가 본의 아니게 폐를 끼친 사람입니다. 다만 그건 장군께서 말씀하신 것처럼 놀리려는 뜻이 결코 아니었습니다. 저는 다만 재채기를 하고 침을 튀긴 것에 대해 용서를 빌려던 것이었지, 놀리려는 생각은 없었습니다. 제가 어떻게 감히 장군을 놀리려 들겠습니까? 만약에 제가 웃었다면, 그건 높으신 분께 대한 존경심 때문이지요. 제가 설마…….

체르뱌코프의 사과를 심리학자 스티븐 셰어와 존 달리 교수가 제시한 '효과적인 사과의 네 가지 단계'에 대입해 생각해 보자. 1단계는 '후회 표현'이다. 그는 '용서하세요'라는 말을 몇 차례나 반복함으로써 자신이 잘못을 뉘우치고 있으며 진심으로 미안하게 생각한다는 것을 충분히 표현하고 있다. 2단계는 '책임 인정'으로, 그는 자신을 '폐를 끼친 사람'이라고 말함으로써 그 책임을 인정하고 있다. 3단계는 '보상', 4단계는 '재발 방지'이지만, 어쩔 수 없는 생리적 현상으로 인한 실수였고, 상대방이 이미 용서한 데다 심각한 물적·인적 피해가 없었으니 사회적 통념상 여기까지는 필요하지 않을 것이다. 즉, 그는 자신의 위치에서 최선을 다해 할 수 있는 만큼의 사과를 한 것이다.

하지만 체르뱌코프는 자신의 판단보다는 주변 상황에 더 신경을 쓰는 인물이다. 또 눈치를 많이 보는 그의 성격상 해당 상황은 앞으로 자신에게 닥칠 불이익을 상상하게 했을 것이다. 이는 곧 불안이 되고, 시간이 지날수록 점차 공포로까지 심화하는 듯 보인다.

체르뱌코프는 '우리 부서장은 아니지만, 그래도 곤란하게 됐는 걸. 사과드려야겠다.'라고 생각할 정도로 익명성이 어느 정도 보장될 수 있는 상황에서도 상대에게 예의를 지킬 줄 아는 사람이다. 다만 자기중심적인 면이 있어 그것을 공연 중에 시도한 것이 문제였을 뿐이다. 하지만 그보다 더 큰 문제는, 이러한 자기중심적 사고를 바탕으로 한 성급한 일반화이다. 그는 공연 휴식 시간에 재차 건넨 사과에 장군이 보인 신경질적 반응을 보며, 장군이 잊어버렸다고 말은 하지만 눈에는 원한이 담겨 있다고 판단한다. 또 처음 접견실에서 만났을 때는 별것 아니라는 듯 다음 청원자에게 눈을 돌리는 장군의 모습을 보며 여전히 화가 나 있다고 판단한다. 이후 다시 건넨 사과에 본인을 희롱하는 거냐며 소리를 지르는 장군을 보며 자신의 말을 이해하지 못하는 오만한 인간이라 생각하면서, 또 사과를 결심한다.

장군이 정말로 그에게 조금이나마 원한이 있다면, 그건 공연 중 사과를 건네 집중을 방해한 일에 대한 원한일 것이다. 하지만 이미 지나간 일이다. 이후 장군의 분노는 그날의 사건이 아닌, 이미 사과를 받아들인 사건에 대해 체르뱌코프가 질릴 정도로 사과를 거듭해서이기 때문이다. 그러나 정작 체르뱌코프는 이것을 알지 못한다. 상대방에 대한 공감 없이 대화의 맥락을 무시한 채, 답이 정해져 있는 것처럼 행동하는 것이다.

② 브리잘로프
브리잘로프는 체르뱌코프의 재채기 때문에 봉변을 당한 인물이다. 두 번째 줄에 앉은 체르뱌코프보다 더 앞인 첫 번째 줄에서 오페라를 관람하는 것을 보면 그보다 사회적 계급이 더 높음을 추측할 수 있다. 단, 브리잘로프는 운수성의 장군으로, 체르뱌코프가 사건 발생 후 어찌할 바를 몰라 하는 것으로 보아 이 둘의 계급 간격은 한 줄 앞 객석과의 간격보다 더 클 것이다.

[공연 중]
① 괜찮습니다, 괜찮아요…….
② 좀 앉아요, 제발! 공연 좀 봅시다!

[공연 휴식 시간 중]
하, 정말…… 나는 이미 잊었다니까요……. 아직도 그 얘깁니까!

(장군은 그렇게 말하며 신경질적으로 아랫입술을 떤다.)

[첫 번째 장군 접견실]

① 그게 무슨 쓸데없는…… 그래서 뭘 어쩌겠다는 겁니까! 다음! 선생은 무슨 일로 왔죠?

(장군은 다음 청원자에게 고개를 돌린다.)

② (장군은 울상을 지으며 손을 흔든다.)

이봐요, 날 놀리려는 겁니까? 대체 뭡니까!

(그러면서 장군은 문을 닫는다.)

[두 번째 장군 접견실]

(장군이 그를 의아한 눈길로 쳐다본다.)

꺼져!!

(장군은 얼굴이 파랗게 질려 부들부들 떨며 소리를 빽 지른다.)

당장 꺼지라니까!

(장군은 발을 동동 구르며 같은 말을 반복한다.)

우리가 영화를 관람하러 갔다고 가정해 보자. 영화에 한껏 집중하고 있을 때 갑자기 누군가의 핸드폰이 울렸다면, 그 관객이 계속 사과를 하는 것보다는 얼른 핸드폰 전원을 꺼서 한 번의 실수로 끝나도록 조치하는 것이 그 상황에서의 최선일 것이다. 계속된 사과가 오히려 독이 될 것은 불 보듯 뻔하다. 어쩌면 장군은 처음의 사과로 체르뱌코프를 용서했을 수도 있다. 오히려 관람에 방해가 되는 계속된 사과로 인해 '신경질적으로 아랫입술을 떤' 것으로 보인다. 또 체르뱌코프의 오해와는 달리 장군은 그가 일부러 침을 튀겼다고도 전혀 생각하지 않는 듯하다. 즉, 그는 상식적인 관람 예절을 지닌 흔한 관람객이다.

이후 접견실에서 처음 체르뱌코프와 만났을 때 재채기에 대한 사건을 쓸데없는 것으로 여기는 모습으로 이는 더 확실해진다. 그러나 이후에도 계속되는 체르뱌코프의 사과에 장군은 오히려 그가 자신을 조롱한다고 판단하게 되고, 결국 마지막에는 화를 참지 못해 비속어를 사용하며 상대방과의 관계 단절을 결심하기에 이르게 된다.

브리잘로프 장군은 매우 직설적이며 급한 성미의 소유자이다. 이는 주인공이 건네는 사과의 말이 끝나기도 전에 자신이 말을 한다거나, 주인공과의 대화를 임의로 중단하고 타인에게 순서를 넘기는 모습에서 쉽게 추측할 수 있다. 또 자신의 불편함을 아랫입술을 떨거나, 울상을 짓거나, 얼굴이 파랗게 질리는 등 비언어적 표현으로 서슴없이 표현하기도 한다. 물론 체르뱌코프의 행동은 그를 충분히 질리게 할 만했지만, 그 역시도 사회가 기대하는, 타인에게 관대하고 자상한 고위 공직자로서 갖춰야 할 품위를 지니지는 못한 것이다.

3. 톺아보기

① 자기중심적 사고와 집단적 독백

〈관리의 죽음〉은 아무리 사소한 사건이라도 거기에 얽힌 당사자들이 상황을 받아들이는 정도에 따라 어디까지 최악으로 치달을 수 있는지 잘 보여준다. 상대방이 이미 다 받아들이고 용서했음에도 끊임없이 사과를 거듭해 상황을 악화시키는 모습, 혹은 그 반대의 경우를 우리 주변에서 흔히 볼 수 있다. 학창 시절에 있었던 일들만 생각하더라도 떠오르는 몇몇 장면들이 누구나 있을 것이다. 이것은 상대방과의 의사소통에 있어 자기중심적인 사고가 얼마나 부정적인 영향을 미치는지, 또 공감이란 것이 얼마나 중요한지 다시 한번 생각해 보게 한다.

또 한 자리에 있는 사람들이 각자 체르뱌코프처럼 자기가 하고 싶은 말만 해 대화가 성립되지 않는 것을 '집단적 독백'이라고 한다. 이는 유아에게서 발견되는 특징 중 하나로, 타인의 관점에서 사고하지 못하기 때문에 나타난다. 이 대화 상황에서는 각자 동문서답의 자기 이야기만 쏟아낼 뿐, 대화가 이루어지지 않는다. 대화를 그저 자기 마음을 해소하는 용도로만 활용하는 것이다.

발달심리학에서는 집단적 독백 현상은 유아들이 공동체 생활을 하며 나, 너, 우리의 개념이 잡히면 저절로 사라진다고 설명하고 있다. 그런데 요즘 이런 유아기적 특징이 지인들끼리 모인 단체 채

팅방, 인터넷 사이트의 게시물과 댓글 등 우리 주변에서 너무 쉽게 발견된다. 이는 우리가 타인의 관점이나 입장을 먼저 이해하고 공감하려 충분히 노력하지 않기 때문일 것이다.

　물론, 이를 위해서는 나의 의견이나 생각을 일정 부분 내려놓아야 하기에 쉬운 일이라고 말할 수는 없다. 하지만 나를 낮추고 상대방의 말에 더 귀를 기울이다 보면 어느새 상대방 또한 나를 존중하고 배려하게 될 것이며, 이것이 성숙한 대화의 시작이 된다.

② 〈관리의 죽음〉과 〈목걸이〉

자기중심적 사고와 집단적 독백으로 인한 촌극은 기 드 모파상의 〈목걸이〉에서도 찾아볼 수 있다. 프랑스의 소설가 모파상은 체호프와 마찬가지로 세계에서 손꼽히는 단편소설 작가이며, 43세라는 젊은 나이에 병으로 세상을 떠난 점도 체호프와 비슷하다.

기 드 모파상 (1850~1893)

　〈관리의 죽음〉은 '재채기'라는 일상적 생리작용을, 〈목걸이〉는 '목걸이'라는 주변의 흔한 소품을 소재로 하며, 두 작품 모두 짧은 분량 안에서 반전의 묘미를 잘 살리고 있다. 그럼 지금부터 〈목걸이〉에 드러난 미흡한 의사소통은 무엇인지 함께 살펴보자.

주인공 마틸드는 아름답고 매력 있는 여인이지만, 넉넉하지 않은 집안의 딸로 태어나 하급 공무원과 결혼한다. 마틸드는 자신의 허영을 채워주지 못하는 가난한 생활이 늘 불만스러웠다. 그래서 남편은 아내의 기분을 풀어주기 위해 장관 부부가 주최하는 파티의 초대장을 건네준다. 그렇지만 무도회에 입고 갈 옷이 없다는 이유로 마틸드의 기분은 더 가라앉아 버린다. 그러자 마틸드를 위해 남편은 자신의 비상금을 털어 새 옷을 장만해 준다.

의상 문제가 해결되자 마틸드는 옷에 어울리는 장신구가 없음이 또 불만스러워졌다. 그녀는 결국 잘사는 친구 포레스티에를 찾아가 다이아몬드 목걸이를 빌렸고, 무도회에 참석해 행복한 시간을 보낸다. 그런데 파티의 여운이 가시지 않은 채 거울 앞에 선 마틸드는 그만 목걸이를 잃어버렸다는 사실을 깨닫게 된다. 그래서 친구에게는 고리가 망가져 수선을 맡겼다고 말한 뒤, 비슷한 목걸이를 사기 위해 집을 팔고 빚까지 내어 친구에게 돌려준다. 그런데 포레스티에는 늦게 돌려준 일에 대해서만 투덜댈 뿐, 상자 뚜껑을 열어보지도 않는다.

이후 마틸드 부부는 채무를 상환하기 위해 닥치는 대로 일했고, 10년이라는 세월이 흘러서야 빚을 다 갚게 된다. 그러는 동안 마틸드의 모습은 고단한 삶에 찌들어 나이보다도 더 늙어버렸다.

어느 일요일, 마틸드는 일상에서 벗어나 샹젤리제 거리를 산책하던 중 여전히 우아한 모습의 포레스티에를 만난다. 포레스티에는 고생으로 변해 버린 마틸드의 모습에 깜짝 놀란다. 마틸드는 홀가분한 마음으로 친구에게 그간의 이야기를 털어놓는다. 그러자 친구는 안타까워하며 자신이 빌려준 목걸이가 사실은 값싼 모조품이었음을 말해준다.

모파상의 〈목걸이〉는 극적인 반전과 함께 사소한 계기와 헛된 욕망, 그리고 자기중심적 사고가 낳은 씁쓸한 결말을 보여준다. 〈관리의 죽음〉의 체르뱌코프는 재채기 사건 이후 자기 생각에만 매몰되어 주변 상황과 상대방의 감정은 무시한 채 사과를 반복해 일을 키우고, 결국 죽음을 맞는다. 마찬가지로 〈목걸이〉의 마틸드도 당연히 목걸이가 진품일 것이라 혼자 단정 짓고, 분실한 사실을 숨기기에 급급하다. 그러면서 자신의 미봉책으로 위기를 잘 넘겼다고 생각하고, 이후 하지 않아도 되었을 모진 고생을 하게 된다. 만약 두 사람이 한 번이라도 상대방과 허심탄회한 대화를 시도했다면 분명 결과는 달랐을 것이다.

한편 브리잘로프 장군과 친구 포레스티에도 배려가 없었다. 둘 다 상대방의 사정을 이해하려 들지 않고 짜증 섞인 말과 비언어적 폭력만을 내비쳤을 뿐이다. 서로에 대한 이해와 공감이 결여된 이 집단적 독백 상황은 결국 체르뱌코프를 죽게 하고, 마틸드의 청춘을 빼앗아갔다. 만약 브리잘로프가 장군이라는 지위에 걸맞는 태도를 갖추고 체르뱌코프에게 여유과 관용의 미덕을 보였다면 어땠을까? 또 포레스티에가 10년이라는 세월이 흐르는 동안 마틸드에게 조금 더 관심을 가져 그녀의 생활이 달라졌음을 눈치채고 그 이유를 물었으면 어땠을까? 아마도 체르뱌코프와 마틸드의 운명은 송두리째 바뀌었을 것이다.

③ 긍정의 힘과 회복 탄력성

미국의 심리학자 쉐드 헴스테더 박사의 말에 따르면, 우리는 하루에 대략 5만에서 6만 가지의 생각을 한다고 한다. 그런데 문제는 그중 85%가 부정적인 생각이며, 단 15%만이 긍정적인 생각이라는 것이다. 즉, 우리도 하루 대부분을 〈관리의 죽음〉 속 체르뱌코프처럼 부정적인 생각과 싸우면서 살아가고 있다.

당연한 말이지만, 긍정적인 생각은 중요하다. 대표적인 예로 '플라시보 효과'를 들 수 있다. 이는 사실상 치료에 도움이 되지 않는 약을 환자가 도움이 된다고 굳게 믿고 복용하면 정말 긍정적인 효과를 낸다는 말이다. 이와는 반대로, 아무리 좋은 약이라도 환자가 치료에 도움이 되지 않을 거라고 의심하면 효과가 없거나 미약하다는 '노시보 효과'도 있다.

생각의 힘이 얼마나 강력한지 잘 보여주는 일례가 있다. 1950년대에 포도주 운반선의 냉동 창고에 실수로 갇혀 저체온증으로 사망한 선원이 있었다. 그런데 이 냉동 창고는 고장으로 인해 작동되지 않아 내부 온도가 19℃였고, 크기도 커서 산소도 넉넉하였으며, 먹을 음식도 충분히 있었다. 그럼에도 이 선원이 사망한 이유는 냉동 창고가 실제로 작동되고 있다고 믿고 있어서 이에 따라 극도의 추위를 느꼈기 때문이라고 한다.

이처럼 생각과 믿음은 상상 이상으로 우리의 삶에 큰 영향을 미치며, 이는 사람과 사람 사이의 관계에도 마찬가지이다. 그렇기에 자신의 부정적인 생각들 속에서 결국 극단으로 치달은 체르뱌코프의 모습이 더 안타깝게 느껴진다. 앞서 말했듯, 긍정적인 생각은 결국 긍정적인 결과를 만들어낸다. "인간은 스스로 믿는 대로 된다."라는 명언을 남긴 체호프도 같은 입장이다. 만약 체르뱌코프가 재채기 사건을 긍정적으로 생각했다면, 이 사건은 그에게 그동안 없었던 새로운 인맥과 사회적 자본을 얻을 수 있는 천우신조의 기회가 될 수 있었을지도 모를 일이다.

또 심리학에는 역경을 겪더라도 주저앉지 않고 이전의 안정된 상태로 회복할 수 있는 능력을 가리키는 '회복 탄력성'이라는 개념이 있다. 만약 체르뱌코프가 이 사건으로 모진 대가를 치렀다고 가정해 보자. 그렇다면 이를 반면교사로 삼아 이후 비슷한 상황을 마주치더라도 수월하게 넘기고 일상으로 복귀할 수 있는 마음의 근력을 단련했다고 생각할 수도 있다. 나의 회복 탄력성을 높이기 위한 기회비용으로 지금의 불행을 겪었다고 생각해 보는 것이다.

결국, 어떤 최악의 상황이 찾아오더라도 우리에게 중요한 것은 바로 꺾이지 않는 마음이다.

6호 병동

Ward No. 6, 1892

1. 훑어보기

크지 않은 한 병원 건물의 마당에 수풀로 둘러싸인 불길하고 음침한 별채 6호 병동이 있다. 별채의 앞면은 병원과 마주 보고 있고, 뒷면에는 날카로운 회색 울타리가 둘러쳐 있다. 6호 병동의 현관에는 온갖 쓰레기들이 널브러져 악취를 풍기고 있으며, 매우 위압적이고 단순하며 우둔한 수위 니키타가 늘 지키고 있다. 현관을 지나면 큰 방이 있는데, 이곳은 매우 지저분해 동물 우리라는 착각이 들 정도이다.

이곳에는 다섯 명의 정신병자들이 있다. 한 사람은 귀족이고, 나머지 넷은 평민이다. 첫 번째 환자는 키가 크고 마른 사람으로, 폐병 초기이며 늘 턱을 괴고 앉아 멍하니 한 곳만 바라보고 있다. 두 번째 환자는 이 병원에서 가장 오래 지낸 연장자로, 20년 전 모자 작업장이 불타버린 이후로 백치가 된 모이세이카이다. 그는 성격이 온순한 편으로 별다른 말썽을 피우지 않으며, 마을 사람들에게는 구걸하는 도시의 어릿광대로 친숙하게 인식되어 있어 환자 중 유일하게 병원 밖으로의 외출이 허락되었다. 세 번째 환자는 중풍으로, 악취가 나며 몸의 감각을 전부 잃어버린 데다 아무런 생각도 하지 못해 움직임 없이 목숨만 붙어 있는 농부이다. 네 번째 환자는 우체국에서 우편물 분류 일을 했던 사람으로, 언제나 훈장 이야기를 한다.

마지막으로 다섯 번째 환자가 바로 유일한 귀족 출신 이반 드미트리 그로모프이다. 그는 넉넉한 집안 출신이었으나, 형의 사망 이후 관리였던 아버지가 공금 횡령으로 투옥되고 이내 구치소에서 전염병으로 죽게 되자 경제적으로 어려움을 겪는다. 그는 대학을 중퇴하고 교직 생활을 시작했으나, 학생들과도 교직원들과도 잘 어울리지 못해 곧 그만둔다. 이후 어머니도 세상을 떠나고, 그는 가까스로 다시 법원의 관리로 일하게 된다.

그로모프는 선천적으로 건강하지 못했고, 누구와도 쉽게 가까워지지 못해 친구도 없었다. 그래서 늘 책과 함께했으며, 사회에 대해 비관적인 태도로 고독하게 생활했다. 하지만 그는 겸손했고 친절했으며, 성실한 태도를 보였기 때문에 도시에서는 백과사전과 같은 대우를 받으며 사랑받았다.

그러던 어느 가을 아침, 그로모프는 두 명의 죄수와 소총을 들고 그들을 호송하는 네 명의 군인을 맞닥뜨린 후 자신도 잡혀갈 것이라는 피해망상에 빠진다. 이후 봄에 협곡에서 두 구의 시체가 발견되는데, 그 범인으로 자신이 의심받을 것이라는 생각에 사로잡혀 결국 6호 병동에 들어온다.

6호 병동에서 새로운 사람을 보는 일은 매우 드물다. 외부와 완전히 차단되어 있기 때문이다. 이발사를 제외하면 아무도 별채 안을 들여다보지 않는다. 그런데, 언젠가부터 의사가 6호 병동을 찾아간다는 소문이 퍼지게 된다.

의사 안드레이 에피미치 라긴은 젊었을 때 신앙심이 깊어 성직자가 되려고 했다. 하지만 의사였던 아버지의 반대로 결국 사제가 되지 못하고 의학 공부를 했다. 라긴은 병원 부임 초기에 무질서하고 부도덕한 현재의 병원 상태가 환자들의 건강에 매우 해롭다는 결론을 내렸지만, 이에 대해 아주 무심한 태도로 방치했다. 그는 병원에 출근하면 대여섯 명의 환자를 적당히 진료하고 보조 의사에게 넘겼으며, 피를 보면 불쾌해져 절대로 수술을 하지 않았다. 그리고 퇴근 후에는 집에서 늘 같은 시간에 술과 음식을 먹고, 독서와 사색을 하며, 저녁에는 유일한 친구인 우체국장 아베랴느이치와 담소를 나누는 같은 일상을 반복하고 있었다.

그러던 어느 3월 저녁, 라긴은 우체국장을 배웅하던 길에 구걸하는 모이세이카를 만나 동전을 주다가 우연히 그를 따라 6호 병동에 가게 된다. 그리고 연민과 혐오의 감정으로 들어선 그곳에서 그로모프를 만나 대화를 한다. 이 둘은 처지와 환경은 정반대였지만, 사회에 대한 환멸에 가까운 비판적인 태도와 책을 좋아해 지식이 풍부하다는 공통점이 있었다. 이날의 대화로 라긴은 시골 도시에 살게 된 이후 처음으로 논리적이고 지적인 대화를 할 만한 상대를 찾았다는 생각에 그로모프에게 친밀감을 가지게 된다. 그러나 그로모프는 그를 지금까지 고통 없이 살아와 현실감각이 없는 위선자라고 생각해 부정적인 태도를 유지한다.

그로모프에게 깊은 인상을 받은 라긴은 6호 병동에 매일 드나들기 시작한다. 하지만 몇 시간씩 그곳에 머물면서도 처방전은 쓰지 않는 라긴의 이상행동은 금세 병원에 퍼졌다. 이로 인해 주위 사람들은 라긴이 정신 이상이라 여기게 되었으며, 그는 결국 병원 관계자들로부터 퇴직을 권유받기에 이른다.

이후 라긴은 유일한 친구였던 우체국장 아베랴느이치와 모스크바, 상트페테르부르크, 바르샤바로 여행을 떠난다. 하지만 아베랴느이치는 여행 내내 잠시도 쉬지 않고 떠들어 라긴을 괴롭게 했다. 또 아베랴느이치는 라긴에게는 늘 존경을 표했지만, 다른 사람들은 마치 아랫사람에게 하듯 얕잡아 대했다. 라긴은 날이 갈수록 점점 말이 많아지는 친구에게 짜증이 나, 모스크바와 상트페테르부르크에서는 호텔 방에서 나가지도 않고 혼자 쉬었다. 마지막 여행지인 바르샤바에도 마지못해 따라갔는데, 그곳에서 도박으로 돈을 탕진한 아베랴느이치에게 거의 전 재산이었던 5백 루블을 빌려주었다. 그러나 아베랴느이치는 그 돈까지도 모두 날려 먹었고, 결국 라긴은 이 여행에 1천 루블을 써버려 전 재산 86루블의 빈털터리가 된다. 그러나 아베랴느이치에게 빌려준 돈은 계속 받지 못했고, 20년이 넘게 근무했으나 연금과 퇴직금도 받지 못했다. 그로 인해 라긴은 예전과 같은 삶을 누리지 못한 채 모욕감을 느끼며 살아간다.

여행에서 돌아온 이후, 라긴을 정신병자 취급하기 시작한 아베랴느이치와 병원 후임 보좌 의사였던 호보토프는 의무감으로 라긴의 집을 주기적으로 방문해 그를 위로한다. 그러던 어느 날, 라긴은 이 둘과 이야기를 하던 도중 화가 치밀어 올라 마구 고함을 지르며 쫓아낸다. 이후 호보토프는 라긴에게 기분 전환 겸 별실 환자의 폐 합병증을 진료해 달라고 라긴을 속이고, 결국 그는 6호 병동에 갇힌다.

병동에 갇힌 라긴은 처음에는 이전이나 지금이나 아무런 변화도 의미도 없으며 고통은 관념에 불과하다고 생각한다. 하지만 곧 해가 기울고 밤이 되자 공포감과 모욕감에 사로잡혀 병동을 나가기로 결심한다. 그러나 그의 요청은 수위 니키타에게 거부당한다. 이 상황을 지켜보던 그로모프도 합세하여 다시 문을 열어달라고 저항했지만, 니키타의 폭력으로 사건은 일단락된다. 라긴은 비로소 자신은 고통에 대한 개념조차 없었음을 깨닫고 실신해 버리고, 다음 날 저녁 뇌일혈로 사망한다. 그의 장례식에는 우체국장 아베랴느이치와 하녀 다류슈카만 참석한다.

2. 살펴보기

① 안드레이 에피미치 라긴

라긴은 본래 신앙심이 깊어 성직자가 되려다 부모님의 반대로 의사가 되었다. 이러한 이유 때문에 의학을 비롯한 자연 과학에는 별다른 사명감이 없는 인물이다. 그렇다고 의사가 된 초기부터 특별히 종교적인 모습이나 신앙심을 드러낸 적도 없다. 그의 외양은 이렇게 묘사된다.

그는 마치 무디고 거친 농부처럼 생겼다. 얼굴의 생김새나 턱수염, 헝클어진 머리칼, 건장하고 투박한 체격은 배 나오고 절제가 없으며 고집이 센, 대로변에 있는 선술집 주인을 떠올리게 한다. 얼굴은 험상궂은 데다 파란 정맥이 튀어나와 있고 눈은 작고 코는 빨갛다. 게다가 키도 크고 어깨가 넓으며 손발은 거대하다. 그 주먹으로 한 대라도 맞으면 곧장 정신이 나가버릴 것만 같다. 반면 그의 발소리는 조용하고, 걸음걸이는 조심스러우며 알랑거린다. 좁은 복도에서 마주칠 때면 그는 언제나 먼저 멈춰 길을 터주고, 예상되는 굵은 목소리가 아닌 높고 가늘며 부드러운 목소리로 "실례합니다!"라고 말한다. 그의 목에는 자그마한 혹이 있어 풀 먹인 빳빳한 칼라가 달린 옷을 입지 못하고 늘 부드러운 리넨이나 면 소재의 셔츠를 입는다. 그래서 모습이 그다지 의사답지 못하다. 10년째 늘 같은 양복을 걸치고 다닌 탓에 유대인 가게에서 산 새 옷도 그가 입으면 헌 옷처럼 낡고 구깃구깃해 보인다.

이처럼 라긴은 보통 사람들이 '의사' 하면 떠올리는 모습과는 거리가 있다. 몸집이 크며 험상궂은 얼굴이지만, 잠시 길을 비켜 달라는 말조차 쉽게 하지 못하는 것으로 보아 매사 조심스럽고 자신감이 부족하여 무언가를 주장하거나 요청, 명령하는 것에 익숙하지 않은 모양이다. 또 늘 같은 옷을 입고 다니는 것을 보면 겉모습에 무심한 성격임을 알 수 있다. 이뿐만 아니라 그는 병원의 무질서와 혼란에 대해 무심한 태도로 방치하는, 직무상에도 무기력한 모습을 보인다.

처음 얼마 동안 안드레이 에피미치는 꽤 열심히 일했다. 그는 매일 아침부터 저녁까지 환자를 진찰하고 수술했으며, 심지어는 임산부의 출산을 돕기도 했다. 부인들은 그가 매우 신중하며, 특히 아이들과 여자들의 질병을 잘 진단한다고 이야기했다. 하지만 시간이 지날수록 일은 단조롭고 전혀 무익해 그를 매우 권태롭게 만들었다. 오늘 서른 명을 진찰하면 다음 날에는 서른다섯 명으로 늘어나고, 그다음 날에는 마흔 명으로 늘어나는 그런 생활이 매일매일, 해가 바뀌어도 계속되었다. 그런데도 도시의 사망률은 줄지 않고 환자들의 발걸음은 끊이지 않는다.

처음의 그는 나름대로 열심히 하려 한 듯 보인다. 하지만 나아지는 것은 없고, 병원에는 늘 바퀴벌레와 빈대와 쥐들이 들끓으며, 수술 장비라고는 외과용 메스 두 개가 전부인 열악한 상황이 계속되었다. 게다가 여직원과 보조 의사는 환자에게서 돈을 갈취하고 병원의 물품을 빼돌리기 바빴다. 병원의 원장으로서 이러한 혼돈을 바로잡아야 함에도 그대로 방치하는 것은 직무 유기지만, 그는 죽음이란 누구에게나 오는 결말이며 고통은 사람을 완성으로 이끈다고 생각했다. 그래서 의학을 대체할 종교와 철학의 역할론을 되새기며 지성을 통한 자기합리화를 했고, 병원 일을 뒤로한 채 밤새 역사책과 철학책 읽기에만 골몰한다.

그러던 중 우연한 계기로 라긴은 그로모프를 만나게 되고, 그와의 논쟁에서 흥미를 느끼게 된다. 그는 그로모프가 자신이 이곳에 구속되어 있는 이유에 대해 따져 묻자, 그저 우연이라 답한다.

도덕적인 태도와 논리는 여기서 말할 게 아닙니다. 모든 일은 우연에 달려 있으니까요. 그저 붙잡힌 사람은 갇혀 있는 것이고 붙잡히지 않은 사람은 돌아다니는 것이지요. 그 이상은 없습니다. 내가 의사이고 당신이 정신병자라는 것에도 허무한 우연만 있지, 도덕성이나 논리는 없습니다. (중략) 감옥과 정신병원이 있는 한, 누군가 거기에 갇혀 있어야만 합니다. 당신이 아니라면 나라도, 내가 아니면 다른 누구라도 기다려봅시다.

이처럼 그는 그로모프가 제시한 정상과 비정상, 자유와 감금에 대한 차이를 받아들이지 못한다. 그저 일반적으로 이야기하는 합리적 지성만을 되새길 뿐이다. 이는 삶의 고통을 마주할 일 없이 그저 흘러가듯 편안하게 살아온 그의 성장환경 및 계급과 밀접하게 연관이 되어 있을 것이다. 또 그로모프와 논쟁 중에 그는 자신의 사상적 근원으로 디오게네스를 끌어온다.

환경이 어떻든 간에 당신은 자신 속에서 마침내 평정을 찾을 수 있습니다. 인생을 이성적으로 이해해 보려 하는 자유롭고 심오한 사유, 세상의 어리석은 소란을 무시해 버릴 줄 아는 것, 이 두 가지는 사람이 알 수 있는 최상의 축복입니다. 당신은 비록 이렇게 갇혀 있을 수밖에 없지만, 이 두 가지를 다 가질 수 있습니다. 디오게네스도 나무통 속에 살았지만, 지상의 어느 황제보다도 행복한 삶을 살았습니다. (중략) 보통의 사람들은 좋거나 나쁜 원인을 자기 밖에서 찾습니다. 마차가 어떻고, 서재가 어떻고 하면서 말입니다. 그러나 사유할 줄 아는 사람은 모든 원인을 자기 안에서 구합니다.

디오게네스는 고대 그리스의 철학자로, 견유학파를 대표하는 인물이다. 견유학파는 개와 같은 삶을 살아야 한다고 주장했던 학파이다. 다시 말하면 사회적 습관이나 문화적 생활 같은 외적인 조건이 아닌 자신의 본성에 따라 사는 것이 최고의 행복이라는 것이다. 조금 낯설다면 윤리 시간에 한 번쯤은 들어봤을 '무위자연', 즉 사람의 힘을 더하지 않은 있는 그대로의 자연을 추구한 도가사상을 떠올리면 쉽게 이해할 수 있을 것이다. 라긴의 말에 따르면, 정신병원 속 그로모프의 비참한 삶이나 자신과 같은 의사의 삶이나 모든 인간의 삶은 이성적 평정심 속에서 마음먹기에 달렸다는 것이다.

라긴은 이어 마르쿠스 아우렐리우스의 말도 인용한다.

추위는 당연하고 다른 어떠한 고통도 느끼지 않을 수 있습니다. 마르쿠스 아우렐리우스는 이렇게 말했지요. "고통은 고통에 대한 살아 있는 관념이다. 의지를 갖고 관념을 바꾸기 위해 노력하라. 관념을 버려라, 불평을 그쳐라. 그러면 고통이 사라질 것이다." 맞는 말입니다. 현자, 아니 그렇게 거창하지 않더라도 사상이 있고 많은 생각을 하는 사람은 괴로움을 무시할 줄 안다는 점에서 다르지요. 그런 사람은 모든 것에 만족하고, 어떤 일에도 놀라지 않습니다.

마르쿠스 아우렐리우스는 로마의 황제이자 스토아 철학자였다. 여기에 인용한 부분은 그의 저서 《명상록》의 일부로 보인다. 스토아 철학자였던 만큼 아우렐리우스는 이성을 가장 중요한 것으로 여겼다. 스토아 철학자들은 건강한 인간은 스스로 이성적 판단을 내릴 수 있는 능력을 갖고 있다고 믿었고, 이를 위해 훈련해야 한다고 주장했다. 이에 따라 라긴은 삶을 지배하기 위해서는 현실적 감정에 따른 무분별한 결정이 아닌 이성을 통한 강인한 인성이 필요하다고 주장하는 것이다.

하지만 아우렐리우스와 라긴의 삶에는 큰 차이가 있다. 정치 철학자로서의 아우렐리우스는 《군주론》의 저자 마키아벨리가 꼽은 로마의 5현제 중 하나로, 당시 로마에 끊이지 않았던 전쟁과 정적들의 음모들로부터 자신을 지키고 다스리며 반성하는 수련의 방식으로 스토아 철학을 활용했다. 그리고 이러한 스토아학파의 이성적 사고를 공동체에 반영해 번영을 이끌었다. 그러나 라긴은 다르다. 그에게 스토아 철학은 단지 자기합리화의 도구일 뿐이며, 아우렐리우스와 같이 더 나은 삶을 위해 활용하는 모습은 찾아볼 수 없다. 즉 자신의 게으름과 나태함에 정당성을 부여하고 현실에서 도피하기 위한 것에 불과하다. 행동하지 않는 지식인의 전형적인 모델이라고 볼 수 있다.

라긴은 우체국장과의 여행으로 거의 전 재산을 탕진했다. 여행에서 돌아오니 자신의 병원 직책과 관사는 모두 보좌 의사였던 호보토프에게로 넘어가 있었다. 전 재산이 86루블이라고 말하자 우체국장이 울음을 터뜨리며 껴안을 정도로, 그는 경제적으로 매우 어려운 처지였다. 하지만 라긴에게는 아베랴느이치와 같은 현실적 경제관념은 존재하지 않았다. 그러다 보니 그는 이후에도 여전히 여덟 시에 일어나 차를 마시고 책상에 앉아 책과 잡지를 읽었다. 다만 새 책을 사지는 못했고, 환경 탓인지 독서에 집중하지 못하고 금방 지쳤다. 하지만 그는 책 목록을 만드는 등의 단순한 작업을 통해 시간을 헛되이 보내지 않고 있다고 자신을 합리화하며 끝까지 자존심을 지키려 한다.

내 병은 20년 만에 이 도시 전체를 통틀어 유일하게 지적인 사람을 만났는데, 그 사람이 정신병자라는 데 있을 뿐입니다. 내가 병든 것이 아닙니다. 단지 벗어날 수 없는 궁지에 빠져버린 겁니다. 하지만 괜찮습니다. 나는 어떤 일이라도 맞을 각오가 되어 있습니다. (중략) 나는 궁지에 빠져버린 겁니다. 이제 모든 것들이, 진심에서 우러나온 친구들의 관심마저 나를 단 한 가지, 파멸로 이끄는군요. 나는 파멸하고 말겠지요. 그걸 받아들일 용기는 있습니다.

그는 우체국장이 눈물을 흘리며 진심으로 병원에 입원하기를 권유하자, 자신은 결국 파멸하여 6호 병동에 입원하게 될 운명임을 어느 정도 예측하고 있다. 그럼에도 이성적인 사유를 바탕으로 자신의 현실과 병동 사이에는 아무런 차이가 없고, 삶의 행복과 만족은 내부에 있다며 스스로를 다잡고 있다. 마지막까지도 본인의 사고를 굳게 믿는 고집의 소유자이다.

이후 보좌 의사였던 호보토프의 음모로 인해 결국 6호 병동에서의 감금이 시작된다. 소금에 절인 생선 냄새가 나는 매우 짧은 바지와 긴 상의가 그의 변화된 환경을 직접적으로 보여준다. 그럼에도 그는 여전히 자신의 집과 6호 병동 사이에는 아무런 차이도 없으며, 세상의 모든 일은 하찮고 허무하다고 생각한다. 하지만 해가 저물고 밤이 되자 그는 공포감과 모욕감, 절망감에 빠져 마구 쇠창살을 흔든다. 혹독한 환경 변화가 그 역시도 변하게 만든 것이다.

"도무지 벗어날 수가 없어요, 벗어날 수가……. 우리는 연약하단 말입니다……. 이전에 나는 침착했고, 밝고 건전하고 논리적으로 생각했습니다. 하지만 현실이 거칠게 나를 건드리자, 나는 곧장 좌절하고 말았어요……. 붕괴하고 말았어요. 우리는 연약합니다. 우리는 시시하단 말입니다……. 당신도 마찬가지입니다. 당신은 지적이고 고상한 사람입니다. 어린 시절부터 고결한 충동이 몸에 배어 있었지만, 현실 속으로 들어가자마자 지쳐 병에 걸린 것뿐입니다……. 연약하고, 또 연약하단 말입니다!" 저녁이 되고 나서 줄곧, 공포감과 모욕감 말고도 성가진 또 한 가지가 안드레이 에피미치를 괴롭혔다. 그는 그게 맥주를 마시고 담배를 피우고 싶은 욕구라는 걸 깨달았다.

그는 드디어 6호 병동 속 자신의 처지에 대해 깨닫는다. 또 시간이 지난 뒤 이제 자신은 잠시 담배 한 대를 피울 수 있는 지극히 사소한 자유조차도 박탈당했음을 인지한다. 앞서 그로모프가 말한 권력의 횡포를 몸소 체험하게 된 것이다. 절망한 라긴은 수위 니키타에게 밖에 내보내달라 요청하지만, 결국 그에게 얻어맞고 공포에 떨게 된다. 온실 속 화초처럼 세상 물정을 모르던 라긴의 이상은 이렇게 현실에 완패당하게 된 것이다.

그는 고통스러운 나머지 베개를 이빨로 악물었다. 혼란스러운 가운데, 불현듯 견디기 어려울 정도로 무서운 생각이 선명히 떠올랐다. 흐린 달빛을 받아 검은 그림자처럼 보이는 이 사람들은 이 같은 고통을 매일 겪었을 것이 틀림없다. 어떻게 20년이 넘는 세월이 흐르는 동안 이러한 사실을 알지도 못하고, 또 알려고 하지도 않았단 말인가. 그는 고통을 몰랐고, 또 고통에 대한 개념조차 가지고 있지 않았다. 그러니 그의 잘못이라고 할 수는 없다.

라긴은 태어나 처음으로 입안에 피가 나도록 얻어맞아 공포에 잠식당한 상태이다. 이에 대한 작가 체호프의 생각을 살펴보자. 체호프는 여기서 처음으로 지금까지 라긴이 약자들에 대한 공감과 연민 의식이 부족했음을 지적한다. 그러나 체호프는 체호프답게 라긴에 대해 비판적인 입장이 아닌 중립적인 입장을 취한다. 라긴이 살아온 환경으로 인해 그에게는 약자와 고통이라는 개념 자체가 없을 수밖에 없었다는 것이다.

예를 들어, 태어날 때부터 부족함을 모르고 자란 부잣집 도련님에게 버스나 지하철 요금이 얼마인지 물어보면 터무니없는 가격을 말할 가능성이 높다. 서민들의 생활을 이해하고 공감하지 못하는 것이다. 하지만 그렇다고 그의 인간 됨됨이 자체를 비난할 수는 없다. 왜냐하면 그가 이용해 온 교통수단 목록에는 버스나 지하철이라는 개념 자체가 없을 것이기 때문이다. 라긴의 경우도 이와 같다. 다만 체호프는 라긴의 모습을 통해 우리는 왜 타인 혹은 약자에게 공감하고 함께해야 하는지를 우회적으로 말하고 있다.

② 이반 드미트리 그로모프

이반 드미트리 그로모프는 넉넉한 집안의 아들로 태어났다. 그러나 갑작스러운 형의 사망과 아버지의 투옥 및 죽음으로 인해 몰락의 길을 걷는다.

그에게서는 건강해 보인다는 인상을 받을 수 없다. 대학 시절부터 그러했다. 그는 늘 창백하고 말랐으며, 감기에 자주 걸렸고 제대로 먹지도, 자지도 못했다. 포도주 한 잔에도 어지러워했고 곧 히스테릭해졌다. 사람들과 늘 어울리고 싶어 했지만, 금세 흥분하고 의심이 많은 성격이어서 누구와도 가깝게 지내지 못해 친구도 없었다. 그는 늘 도시의 주민들을 경멸했으며, 그들의 형편없는 무지와 무기력하고 야만적인 생활이 너무 역하고 혐오스럽다고 말했다. (중략) 비열한 사람들은 좋은 옷을 입고 좋은 음식을 먹어 배가 부르지만, 정직한 사람들은 빵 한 조각으로 목숨을 이어나간다는 것이다. 학교가 필요하며, 정직한 보도를 하는 지방 신문과 극장, 대중 강연과 인텔리들의 연대가 필요하다는 것이다. 이 사회가 자신의 모습을 깨닫고 두려움을 알게 할 필요가 있다는 것이다. 사람을 판단할 때, 그는 흑백 두 가지 색으로만 짙게 칠할 뿐 그 어떤 중간의 색도 받아들이지 않았다. 인간은 정직한 부류와 비열한 부류로 나뉠 뿐, 그 중간은 없다는 것이다.

위 인용에서 묘사하는 그로모프를 보면, 앞서 살펴본 라긴과 유사한 점이 많다. 라긴은 병원장임에도 주변 사람들에게 지시조차 제대로 하지 못하는 소심하고 나약한 인물이었다. 마찬가지로 그로모프 역시 언제나 창백하고 말랐으며, 병약한 인상을 주고 있다. 그리고 둘 다 교육을 통해 지성과 교양을 지니고 있어 도시의 주민들을 어리석고 답답한 부류로 생각하며, 자신의 판단에 따른 흑과 백만 존재한다는 강한 고집을 지니고 있기도 하다. 하지만 같은 인식을 바탕으로 둘은 서로 다른 태도를 보인다. 라긴은 주변에 대한 무심함을 바탕으로 그저 흘러가는 대로 살며 자기만족이 최고의 행복이라는 생각을 지니고 있지만, 그로모프는 민중의 교육, 정직한 언론, 사회적 연대 등 공공의 정의에 대한 갈망을 가지고 있다. 그러나 안타깝게도 그로모프는 이러한 고집, 불안, 분노, 신경질적인 태도가 적정 수준을 넘어 병리적 수준의 피해망상으로 이어지게 된다.

나는 계속되는 공포와 투쟁에 지쳐버린 영혼을 거울처럼 비추는, 늘 창백하고 불행해 보이는, 광대뼈가 툭 튀어나온 그의 넓적한 얼굴을 좋아한다. 그의 찌푸린 얼굴은 괴상하고 병적이지만, 깊고 진지한 고민이 새겨진 섬세한 모습은 현명하고 지적이며, 눈에서는 따스하고 건강한 빛이 난다. 또 나는 친절하고 정중하며, 니키타를 제외한 그 누구에게도 무척이나 겸손한 그를 좋아한다. 누군가 단추나 혹은 숟가락을 떨어뜨리기라도 하면, 그는 침대에서 재빨리 일어나 얼른 주워준다. 또 그는 아침에 일어나면 동료들에게 먼저 인사를 하고, 밤에 잠자리에 들 때도 잘 자라고 인사한다. (중략) 신경질적인 성격과 신랄한 생각을 가졌음에도 도시에서 그는 많은 사랑을 받아, 그가 없을 때도 사람들은 '바냐'라고 다정하게 불렀다. 그의 타고난 겸손과 친절, 성실함, 순수함, 낡아빠진 프록코트, 병약한 모습, 불행한 가정 등이 친근하고 따뜻하며 슬픈 감정을 일게 했다. 게다가 그는 양질의 교육을 받았고, 책도 많이 읽었다. 도시 사람들은 그가 모르는 것이 없다고 여겼으며, 이 때문에 그는 도시에서 걸어 다니는 백과사전 같은 대우를 받았다.

그로모프는 타인과 더불어 살아가는 생활에 있어 미숙하고 과격한 면이 있다. 그러나 작중 서술자를 작가의 대변인이라 생각한다면, 그럼에도 체호프는 그로모프라는 인물에 대해 긍정적인 시선을 보내고 있다. 그뿐만 아니라 주변 사람들 역시 그를 좋아하며 백과사전 같은 대우를 해준다. 이를 보아 그로모프는 우리 사회에서 흔히 말하는 '강자에게 강하고 약자에게 약한' 인물임을 알 수 있다. 사회적 불의는 참지 못해 분노와 불안 증세를 보였다면, 보통의 사람들을 대할 때는 따뜻한 마음으로 마주했다는 것이다.

당신이 말한 디오게네스는 멍청한 인물이었습니다. 무엇 때문에 나에게 디오게네스니 이성적 이해니 하는 말들을 하는 겁니까? 나는 삶을 사랑합니다. 그것도 아주 많이 사랑합니다! 나는 피해망상증을 앓고 있어 끊임없이 소름 끼치는 공포에 시달리지만, 문득 삶을 향한 갈망이 나를 사로잡는 순간이 찾아오면 그때는 그대로 미쳐버리는 게 아닌가 두려워집니다. 나는 너무나 살고 싶습니다, 무척이나! (중략) 디오게네스에게는 서재도, 따뜻한 집도 필요가 없었겠지요. 그런 게 없어도 그곳은 더우니까요. 나무통 속에 누워 오렌지와 올리브 열매를 먹을 수 있었겠지요. 하지만 그를 러시아 이곳에 끌고 와 살라고 하면, 그는 12월은 고사하고 5월에도 방 안으로 들어가게 해달라고 빌었을 겁니다. 추위로 괴로워했겠지요.

이후 그로모프는 자신을 정신병자라 진단하고 6호 병동으로 보낸 의사 라긴과 만나게 된다. 그리고 라긴과의 대화에서 자신은 병원의 그 어떤 관계자보다도 도덕적이며, 단지 권력의 속죄양으로 이곳에 갇혀 있다고 밝힌다. 이어 앞서 살펴본 견유학파의 대표자

디오게네스를 저격하고, 자신의 현재 상태를 정확히 진단하며, 삶에 대한 적극적 의지를 피력한다.

내가 알고 있는 건 신이 나를 따뜻한 피와 신경으로 만들었다는 것입니다. 그렇습니다! 죽지 않은 유기체는 모든 자극에 반응해야 합니다. 그래서 나는 지금 반응하고 있는 겁니다! 나는 비명과 눈물로 고통에 대답합니다. 비열함에는 분노로, 혐오스러운 것에는 구역질로 대답합니다. 내 생각에는 이게 바로 삶입니다. 저급한 유기체일수록 감각이 둔하고 자극에는 약하게 반응합니다. 반대로 고등한 유기체일수록 현실에 더 예민하고 활발하게 반응하지요. 어떻게 이걸 모릅니까?

위의 인용을 살펴보면 라긴과 그로모프가 완전히 양극단에 서 있음을 알 수 있다. 라긴은 정신적인 초연함을 바탕으로 고통, 비열함, 그리고 혐오스러운 것들과 같은 모든 자극에 반응하지 않아야 한다고 주장한다. 반면 그로모프는 모든 것에 반응하기에 고통스럽다. 하지만 고통을 느낀다는 것은 살아 있다는 증거이므로, 고통에 예민하게 반응하는 것이 더 진보한 것이라 응수하고 있다. 이로 미루어 볼 때 그가 피해망상증을 앓는 것도 평범한 사람들보다 훨씬 많은 경우로 주변의 사건과 상황에 예민하게 반응해 지속적으로 고통을 받아 생겼으리라 추측할 수 있다.

이어 그로모프는 마르쿠스 아우렐리우스 및 스토아학파에 대해서도 비판한다.

학설이라고만 하면 분간 없이 빠져 연구하는 몇몇 사람들에게만 성공적이었을 뿐, 대다수는 그게 무슨 말인지 이해하지도 못했습니다. 부와 쾌적한 생활에 대한 무관심, 그리고 고통과 죽음에 대한 무시를 가르치는 그 학설을 대다수의 사람들이 이해할 리 만무하지요. 왜냐하면, 먼저 대다수의 사람들은 애초에 부도 쾌적한 생활도 알지 못하기 때문입니다. 그리고 고통을 경멸하라는 말은 대다수의 사람들에게 삶자체를 무시하라는 말이나 다름없습니다. 사람이라는 존재 자체가 굶주림, 추위, 모욕, 상실, 죽음에 대해 햄릿과 같이 공포를 느끼도록 만들어져 있기 때문입니다. 이러한 감각 안에 삶 그 자체가 존재합니다. 삶을 부담스러워할 수도 있고, 싫어할 수도 있겠지만, 무시할 수는 없습니다. 다시 말하지만 바로 이런 이유로, 스토아 학설에는 결코 미래가 없습니다. (중략) 그래, 그리스도는 어땠습니까? 그리스도는 울기도 하고, 미소를 짓기도 하고, 슬퍼하기도 하고, 화를 내기도 하고, 또괴로워하기도 하면서 현실에 반응했지요.

스토아학파는 사사로운 욕망과 감정을 극복한 금욕주의이다. 그런데 그로모프의 생각으로는 대다수의 사람들은 스토아학파를 탐구하는 사람들과 같은 부와 쾌적한 생활을 누려보지도 못했다는 것이다. 요즘 유행하는 간헐적 단식을 예로 들어보자. 언제나 먹을 것을 쉽게 구할 수 있고, 늘 포만감을 채울 수 있는 스토아 철학자들에게 간헐적 단식은 마음먹기에 따라 언제든 할 수 있다. 하지만 목구멍이 포도청이어서 하루 벌어 하루를 겨우 먹고 살아가는 사람들에게는 간헐적 단식이란 목숨을 걸어야 할지도 모를 일인 것이다. 그러면서 그로모프는 라긴에게 당신이 하는 것은 철학도 사색도 넓은 견해도 아닌 게으름과 무기력, 무감각에 지나지 않는다고 말한다.

이후 6호 병동에 라긴이 들어오자 그로모프는 다른 사람의 피를 그렇게 빨아먹더니, 이제 당신 차례라며 빈정댄다. 그리고는 사후에 대한 자신의 생각을 말하며 투덜거린다.

저주받을 인생! 쓸쓸하면서도 화가 나는 것은, 이 생활이 고통에 대한 보답으로 끝나거나 오페라에서처럼 박수갈채를 받으며 끝나는 것이 아니라, 죽음으로 끝난다는 거지. 잡부들이 와서 시체의 손과 발을 잡고 구덩이로 질질 끌고 가 던져버릴 거야. 후우! 그래도 괜찮아……. 저세상에 가면 우리 세상일 테니까. 나는 저세상에서 유령이 되어 다시 여기에 와 이 악당들을 놀라게 할 거야. 머리카락이 다 세도록 말이야.

그로모프는 저세상이라는 불멸을 굳게 믿고 있다. 이 점 역시도 라긴과 차이가 있다. 라긴은 모든 것은 시간이 지나면 자연법칙에 따라 흙으로 변한다고 생각하며, 불멸을 인정하지 않는다. 이는 사회적 계층에 따른 인식의 차이를 보여준다. 라긴은 아버지의 보호 속에서 아버지의 돈으로 공부했고, 편안한 직장을 얻었기에 사후 불멸은 생각할 필요가 없었을 것이다. 반면 그로모프는 늘 추락 속에서 살아왔고, 죽고 나서는 잡부들에 의해 구덩이로 던져질 것이라 생각하며, 현실에서는 더 이상 자신이 진일보할 만한 큰 도약은 없을 것이라 생각한다. 이는 저세상에 가 유령이 되어 원한을 갚으리라는 광기와 분노로 표출된다. 여기서 안타까운 점은 현실의 불합리와 위선 속에 고통받았던 그로모프가 막상 그 고통의 해결책으로 생각한 것이 사후 세계라는 점이다. 그러나 결국 라긴과 그로모프는 똑같이 니키타의 폭력 앞에 무릎을 꿇는다. 둘은 이상과 현실을 다투며 충돌했지만 결국 무자비한 폭력 앞에서는 같은 모양으로, 한없이 약한 모습을 보여준다.

3. 톺아보기

① 사할린에서의 깨달음

체호프는 1892년 4월 29일 아빌로프 부인에게 보낸 편지에서 〈6호병동〉에 대한 본인의 소회를 직접 밝히고 있다.

나는 여성도, 사랑도 없는 너무나 지루한 이야기를 끝맺고 있습니다. 나는 이런 이야기를 참기가 힘듭니다. 그저 우연히, 무심코 쓴 것 같습니다.

아무래도 체호프는 자신의 작품 〈6호 병동〉에 그다지 만족하지는 못했던 듯하다. 여성 등장인물이 없으니 당연히 사랑 이야기도 없을 테고, 그러니 흔히 말하는 '소설의 재미'라는 대중의 요구에 부응하지 못한 소설이라고 스스로 못마땅해한 것이다. 하지만 〈6호 병동〉은 체호프가 사할린 여행 이후 집필한 소설이기에 부조리한 러시아의 현실에 대한 그의 체험이 주요 인물들 속에 스며들어 있음은 물론, 톨스토이의 문학관과는 다른 지향점을 보인다는 데 큰 의미가 있다.

톨스토이는 양심의 회복을 통한 진정한 내적 혁명과 폭력에 대한 무저항을 지향한 인물이기에, 작품에서도 삶의 의미와 무게에 중심을 둔다. 하지만 체호프는 사할린에서 인간다운 삶을 보장받지 못하는 사람들과 그들의 생활환경을 직접 보고 톨스토이가 말하는 인간다움이라는 것에 회의를 느낀다. 그리고 이런 철학적·윤리적 깨달음을 바탕으로 〈6호 병동〉을 집필해 러시아 지식인들의 실체와 민낯을 낱낱이 보여준다.

'6호 병동'은 절대적 폭력 아래 굴종하고 마는 당시 러시아를 은유적으로 나타낸 것이다. 또 그는 작가로서 정치와 파벌 앞에서도 당당하며 후배 작가의 부당한 제명에는 탈퇴로써 항의했던 강렬한 철학적 사상을 '그로모프'에, 사할린을 다녀온 뒤 느낀 총체적인 관념의 허상을 '라긴'에 담았다. 즉, 그로모프도 라긴도 모두 체호프의 변형된 페르소나라고 할 수 있다. 그렇지만 정작 체호프는 자신의 작품 속 등장인물들과는 다르게, 러시아에서 인민을 위해 봉사한 작가이자 의사로 존중받을 만큼 실천적이고 이타적이었던 진정한 인텔리겐치아였다.

앞서 작가론에서 언급했듯, 〈6호 병동〉은 러시아 사회주의 혁명을 실현했던 혁명가 블라디미르 레닌을 밖으로 끌어낸 작품이다. 레닌은 이 작품을 읽고 '이대로 있다가는 라긴처럼 6호 병동에 감금될 것 같다.'라고 생각했다고 한다. 체호프의 의도가 바로 이와 같았을 것이다. 즉, 〈6호 병동〉은 비단 레닌뿐만 아니라 현실에 안주하며 주저하고 있는 다른 많은 사람에게도 반성과 성찰의 기회를 제공하고 있는 것이다.

② 일제강점기의 체호프, 이상
우리나라에도 체호프를 떠올리게 하는 작가가 있다. 바로 일제강점기에 활동했으며 지금까지도 천재로 일컬어지는 작가, 이상이다. 이상은 우리나라 사람이라면 대부분 알고 있는 작가 중 한 명으로, 체호프와 같이 혹은 그 이상으로 어려운 가정환경 속에서 성장했다. 그의 자전적 수필 〈슬픈 이야기〉를 살펴보자.

우리 어머니도 우리 아버지도 다 읽으셨습니다. 그분들은 다 마음이 착하십니다. 우리 아버지는 손톱이 일곱밖에 없습니다. 궁내부 활판소에 다니실 적에 손가락 셋을 두 번에 잘리우셨습니다. 우리 어머니는 생일도 이름도 모르십니다. 맨 처음부터 친정이 없는 까닭입니다.

지금은 사라졌지만, 일제강점기에는 천연두가 있었다. 아마도 그의 아버지와 어머니는 천연두를 앓아 얼굴에 흉터가 남았던 듯하다. 그의 아버지는 산업재해를 당한 근로자였으나, 당시가 일제강점기였음을 생각하면 보상은커녕 이로 인해 경제활동이 더욱 어려워졌을 것이다. 또 그의 어머니는 맨 처

이상 (1910~1937)

음부터 친정이 없었다는 것으로 보아 고아였을 것이다. 그는 세 살 때 큰아버지의 양자가 되는데, 권위적인 큰아버지와 무능력한 친부모 사이에서 심리적 불안감을 안고 성장했다. 이상은 그림에 소질이 있어 화가가 되길 바랐으나, 어려서부터 머리가 좋았기 때문에 큰아버지는 그의 꿈을 허락하지 않는다. 큰아버지는 오늘날의 대통령 비서실과 비슷한 조선 왕실의 궁내부 기술 관리 출신이었다. 이 때문에 일제강점기라는 늘 배고픈 현실을 살아가려면 반드시 기술을 배워야 한다고 굳게 믿었다. 또 당시는 경성역, 조선총독부 등의 건축물들이 막 세워지기 시작할 무렵이어서, 이상은 큰

아버지의 권유로 보성고등보통학교를 졸업한 후 지금의 서울대학교 건축학과의 전신인 경성고등공업학교 건축과에 입학해 엘리트의 길을 걷게 된다. 그는 공업학교 재학생 중 유일한 조선인이었으며, 많은 차별에도 불구하고 수석으로 졸업하는 쾌거를 이룬다.

작가론에서 살펴본 것처럼 체호프도 김나지움 시절 아버지의 사업이 파산하는 바람에 과외를 하며 숙식을 해결하고, 생이별한 가족들에게 번 돈의 일부를 보내는 등 어려운 청소년기를 보냈다. 이상은 큰아버지의 양자가 되었으므로 물질적으로는 체호프보다 나았으리라 추측할 수도 있겠으나, 큰아버지가 재혼해 맞은 새 큰어머니가 자신의 아들을 데리고 들어왔기에 정신적으로는 더 힘들었을 것이다. 이렇듯 둘의 순탄치 못했던 어릴 적 경험은 작품 속에서 변화와 불안함, 인간의 소외, 그리고 다원적인 주제 및 역동적인 상호 텍스트성 등 '현대성 출발'이라는 남다른 시선과 생각으로 드러난다.

본명과 다른 필명을 사용했다는 점도 비슷하다. 이상의 본명은 '김해경'이다. 이상(李箱)이라는 필명의 유래에는 두 가지 관점이 있다. 하나는 건축 기사로 일하던 시절 일본 인부가 성을 헷갈려 '이 상(さん)'이라고 불렀다는 것이고, 다른 하나는 오랜 친구인 구본웅에게 선물로 스케치 박스(사생상, 寫生箱)을 받은 감사의 표시로 아호에 '상자'를 의미하는 '상자 상(箱)' 자를 넣고, 나무 목(木)이 들어간 성씨를 찾아 '나무 상자'라는 의미의 '이상'이라고 지었다는 것이다.

체호프도 마찬가지로 필명을 사용했다. 그는 자신의 본명이 유머 작가로 알려지는 것을 원치 않았기에 주로 '안토샤 체혼테'라는 필명을 사용했고, 그 외 '내 형의 동생'이나 '환자 없는 의사', '쓸개 빠진 놈' 등 우스꽝스러운 필명을 사용하기도 했다.

또 이상이 건축 기사라는 이과(理科) 분야의 직업을 바탕으로 작가가 되었던 것처럼, 체호프 역시 의사라는 같은 이과 계열의 직업을 바탕으로 작가의 길을 걸었다는 공통점도 있다.

한편, 타 예술 분야에 관심이 있었다는 점도 닮았다. 이상은 수석 졸업 특혜로 조선총독부 건축 기사직에 특채로 선발되어 근무하는 중에도 어린 시절부터 꿈꾸던 그림을 계속 그렸고, 잡지 표지 공모전에서 1위를 하거나 자신의 자화상으로 미술 전람회에서 입선하기도 하는 등 변함없는 미술적 역량을 보였다. 체호프는 음악에 대한 관심과 이해도가 높아 당대 유명했던 차이코프스키나 라흐마니노프와 같은 음악가들과 친분이 있었다. 아마도 일정 수준 이상의 예술가들에게는 예술이란 분야에 따라 구분되는 것이 아니라 하나로 어우러져 통섭적 영향을 주고받는 공감과 융합의 장이 되는 것이 아닌가 싶다.

두 사람은 문학적 성향에 있어서도 유사함을 보인다. 일제강점기 우리나라에서는 사회주의 사상을 바탕으로 계급 투쟁 의식을 고취하려는 문학이 유행한다. 하지만 이상은 이런 경향문학에 대응하여 순수문학 추구를 주장하는 '구인회'에 가입한다. 문학은 정치적인 목적성 없이 오로지 예술성만을 표현해야 한다는 것이다. 체호프도 푸시킨상 수상 이후 평단의 논란에 대해 본인은 작품에 정치나 이념적 메시지는 담지 않는다고 밝혔다. 두 사람 모두 문학을 정치적·이념적 도구로 활용하지 않고 자신만의 문학을 담담히 표현한 것이다. 그 결과 오늘날 이상은 모더니즘을 넘어 포스트모더니즘까지 앞서간 희대의 천재로, 체호프는 어니스트 헤밍웨이, 버지니아 울프 등 유명 작가들에게까지 큰 영향을 미친 거장으로 평가받고 있다.

안타깝게도 두 사람은 죽음마저도 닮아 있다. 이상은 1937년 28세라는 이른 나이에 세상을 떠났고, 체호프는 1904년 44세라는 역시 젊은 나이에 세상을 떠났다. 이상은 조선총독부 건축 기사로 일하던 중 각혈을 하게 되어 결핵을 진단받고, 이로 인해 죽음에 이르렀다. 체호프도 역시 의사가 됐을 무렵 각혈을 했고, 죽음의 순간까지 폐결핵으로 고통받았다. 또 두 사람 모두 주옥같은 작품들을 대부분 결핵 진단 이후에 썼다. 그래서인지 체호프의 작품은 러시아의 철학자 레프 셰스토프에게 '인간 희망의 살인자'라는 호칭을 부여받을 정도로 무거운 분위기를 가진 것들이 많고, 이상 역시도 이와 유사한 느낌의 작품을 주로 썼다. 늘 삶과 죽음의 기로에 서 있었던 두 사람이었기에 어쩌면 이는 당연한 흐름이었을지도 모른다.

③ 〈거울〉과 〈6호 병동〉

이제 두 사람의 작품을 나란히 보자. 다음은 이상의 시 〈거울〉이다.

거울속에는소리가없소
저렇게까지조용한세상은참없을것이오

거울속에도내게귀가있소
내말을못알아듣는딱한귀가두개나있소

거울속의나는왼손잡이오
내악수(握手)를받을줄모르는──악수(握手)를모르는왼손잡이오
거울때문에나는거울속의나를만져보지를못하는구료마는
거울아니었던들내가어찌거울속의나를만나보기만이라도했겠소

나는지금(至今)거울을안가졌소마는거울속에는늘거울속의내가있소
잘은모르지만외로된사업(事業)에골몰할께요

거울속의나는참나와는반대(反對)요마는
또꽤닮았소
나는거울속의나를근심하고진찰(診察)할수없으니퍽섭섭하오

                                           — 이상, 〈거울〉

〈거울〉에는 띄어쓰기가 없다. 작가는 시적 화자의 답답한 마음을 독자들이 직접 느끼게 하려는 듯 애초에 가독성을 제공해 줄 생각이 없다. 거울 속 '나'를 감당하기 버거운 시적 화자의 상황을 다닥다닥 연이어 쓰인 시어들이 잘 전달하고 있다. '거울'은 소리가 없고 조용한 세상이다. 그렇기에 〈6호 병동〉에 등장하는 '6호 병동'과 대응한다. 이 두 곳 모두 일반인들의 현실과는 단절된 공간이기 때문이다.

〈거울〉 속에는 거울에 비친 '나'가 있고, 〈6호 병동〉에는 그로모프가 있다. 거울 안의 '나'에게도 당연히 귀는 있지만, 현실 속 시적 화자의 말은 전혀 알아듣지 못한다. 또 당연히 거울은 보는 사람의 반대 방향으로 움직이기에 시적 화자가 오른손을 내밀면 왼손을 내밀 수밖에 없다. 그래서 이 둘은 결코 의사소통이 불가능하다. 시적 화자는 늘 거울 속 '나'에게 먼저 악수를 건네지만, 번번이 허탕을 치고 만다. 이와 마찬가지로 6호 병동 밖에는 의사 라긴이 존재한다. 그리고 라긴 역시도 그로모프와 사회적 현안 및 철학적 견해에 대해 대척점에 서 있기에 의사소통이 불가능하다. 또 그로모프는 병동에 있기에 라긴이 찾아갈 수밖에 없는 상황이고, 그렇기에 늘 라긴이 먼저 찾지만, 그로모프에게 현실감각 없는 인물로 치부되어 대놓고 비판을 당할 뿐이다.

시적 화자는 무엇이든지 반대로 행동하는 거울에 비친 '나'와 단절감을 느낀다. 하지만 거울이 있기에 서로 만날 수 있다. 라긴 역시도 그로모프를 처음 만났을 때 그가 자신과 정반대임을 알게 되지만, 그에게 끌려 계속 6호 병동을 찾는다. 또 시적 화자가 찾지 않을 때도 거울 속의 '나'가 혼자만의 고립된 생각 속에 살고 있듯이, 라긴의 방문이 없을 때도 여전히 6호 병동에 있는 그로모프도 자신만의 생각을 쌓고 있다. 시적 화자는 거울 속의 '나'가 비록 자신과 반대이지만 매우 유사하다 생각하고, 그렇기에 섭섭함을 느낀다. 그로모프와 라긴도 의사와 환자라는 현실적 상황과 철학적 견해가 정반대이지만, 둘 다 독서를 즐겨 했으며 사회에 대해 날카롭게 날을 세우고 있다는 공통점이 존재한다. 그렇기에 라긴은 시골 도시에 살게 된 이후 처음으로 논리적이고 지적인 대화가 가능한 그로모프에게 호감을 가지게 된 것이다.

〈거울〉은 주로 거울을 소재로 분열된 자의식 세계를 보여줌으로써 현대인의 불안과 자아분열에 대한 안타까움을 형상화한 작품으로 읽히는데, 시대적으로는 일제강점기에 아무것도 할 수 없었던 무기력한 지식인의 모습을 드러내고 있다고도 볼 수 있다. 〈6호 병동〉도 마찬가지로 러시아 혁명 이전의 혼란스러운 상황을 반영한 것으로 해석할 수 있다. 당시 무기력한 러시아 지식인들의 현실 안주는 심각한 사회문제로 대두되고 있었다. 그렇기에 시적 화자와 같은 라긴을 '현실적 자아'로, 거울 속 '나'와 같은 그로모프를 '내면적 자아'로 생각해 볼 수 있다. 나라가 기울어져 가는 상황 속에서 러시아의 지식인들은 겉으로는 아무것도 할 수 없지만, 마음 깊은 곳에서는 언제나 혁명의 꿈을 꾸고 있었을 것이다. 다만 그로모 프와 같은 '내면적 자아'가 나올 수 없었던 것은 니키타와 같은 절대적 권력과 폭력이 억압하고 있었기 때문이다. 〈거울〉에는 이러한 상징이 등장하지는 않았지만, 시가 쓰인 일제강점기라는 시대 자체가 그것을 대변하므로 시적 화자도 같은 상황이라고 볼 수 있다.

④ 동조 효과와 군중심리
그렇다면 〈거울〉의 시적 화자와 〈6호 병동〉의 라긴은 왜 모두 무기력한 지식인이 되어버렸을까? 미국의 심리학자 솔로몬 아시의 실험을 통해 생각해 보자.

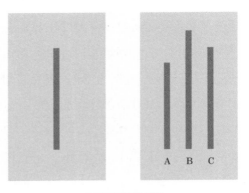

솔로몬 아시의 실험

한 남자가 시각에 관한 실험을 한다는 말을 듣고 실험실 안으로 들어간다. 방 안에는 여섯 명의 남녀가 앉아 있다. 잠시 후 실험자가 들어와 기준선이 그려져 있는 카드 한 장을 보여준다. 그리고 다시 다른 세 개의 선이 그려진 카드를 보여주고 기준선과 같은 길이의 선이 무엇인지 묻는 실험이다. 다만, 앉아 있던 여섯 명에게는 미리 같은 오답을 선택하도록 지시해 둔 상태이다. 실험실에 들어간 남성은 타인들이 공통적으로 고른 오답이 무언가 이상하다는 것을 느끼고 자신의 답을 재차 확인하기도 하지만, 결국 다른 여섯 명과 같이 오답을 선택한다.

인간은 기본적으로 타인과 관계를 맺고 그 속에서 살아간다. 그러다 보니 다수의 압력에 견디지 못하고 그 집단의 뜻에 따라 움직이는 동조 효과나 군중심리가 나타날 수 있다. 따라서 〈거울〉의 시적 화자와 라긴도 당시 상황에 절망적으로 반응하는 주변 지식인들에 의한 동조 효과와 군중심리가 반영된 것으로 볼 수 있다.

다만 동조는 누군가의 지적으로 변화가 일어나기도 한다. 고전 영화 〈12인의 성난 사람들〉에는 배심원 집단의 압력 속에서도 "전부 유죄라고 하니, 나까지 손을 들면 이 애는 그냥 죽게 될 것이 아닙니까?"라며 반론해 결국 한 사람의 생명을 구하는 장면이 나온다. 그러나 이 영화에서처럼 모두가 '예'라고 할 때, '아니오'라고 할 수 있는 사람이 되기는 정말 어렵다. 왜냐하면 큰 결심과 용기가 따르기 때문이다. 하지만 촛불 하나가 켜지면 주변에 점점 다른 촛불들이 늘어나게 되고, 결국 온 세상을 밝히는 법이다. 어떤 선택을 해야 할지, 고민은 이제 여러분의 몫이다.

개를 데리고 다니는 여인

The Lady with the Dog, 1899

1. 훑어보기

드미트리치 구로프는 러시아의 휴양도시 얄타에서 2주째 묵고 있다. 그러던 어느 날, 해변에 개를 데리고 다니는 부인이 나타난다는 소문을 듣게 된다. 그는 그녀에게 관심을 갖기 시작했다. 그녀는 중간 정도의 키에 금발인 젊은 부인이었으며, 늘 베레모를 쓰고 흰색 스피츠 종의 강아지를 데리고 해변에 나타났다. 그녀가 누구인지 아는 사람이 없어, 사람들은 그녀를 그냥 개를 데리고 다니는 여인이라고 불렀다.

　구로프는 은행원이었고, 아직 마흔이 채 안 된 나이였지만 열두 살 난 딸과 중학교에 다니는 아들 둘이 있었다. 그는 대학교 2학년 때 이른 결혼을 했고, 자신보다 더 늙어보이는 아내와 함께 살았다. 아내는 고지식하고 당당하고 권위적이었으며, 독서를 좋아해 똑똑했다. 구로프는 아내에게 사랑의 감정을 느끼지 못했고, 아내를 어리석고 편협하다고 생각했다. 그러면서 또 한편으로는 무서워하기도 해서 집에 있기를 싫어했다. 그런 이유로 오래전부터 이미 수시로 외도를 했으며, 아마도 그 때문인지 여성을 '열등한 족속'이라고 나쁘게 평가했다. 그런데 그는 남자들이 모인 자리는 지루하고 불편해하지만, 여자들과 함께할 때면 무슨 이야기를 해야 하는지 본능적으로 아는 사람이었다.

구로프는 해변에 나가 그녀의 개와 놀아주는 척하면서 그녀에게 접근해 자연스럽게 대화를 시작한다. 그녀의 이름은 안나 세르게예브나로, 상트페테르부르크에서 자랐으나 결혼 후 S시로 왔고 부유한 남편과 2년째 살고 있으며 얄타에는 한 달간 더 있을 예정이라고 했다.

서로 알게 된 지 일주일이 지나고, 그들은 증기선을 보기 위해 선착장 데이트를 떠난다. 그리고 그날 저녁 구로프는 그녀에게 키스를 하고, 안나의 방에서 사랑을 나누게 된다. 이후 그녀는 이제 구로프가 자신을 존중하지 않을 것이라 말한다. 또 본인은 남편을 속인 게 아니라 스스로를 속인 나쁜 여자라고 말하며 눈물을 글썽거린다. 구로프는 자신이 그녀에게 지금까지와는 다른 미숙함과 어수룩한 감정을 느끼며 당혹스러워하고 있다는 것에 잠시 이상함을 느끼면서 그녀를 달래고, 두 사람은 곧 다시 웃기 시작한다. 그리고 새벽의 여명 속에서 구로프는 마음이 평온해지면서 주변의 광경이 유난히 아름답게 보임을 느낀다.

그때부터 그들은 매일 정오에 해변에서 만나 함께 늦은 아침을 먹고, 산책하며 바다를 즐기고, 저녁에는 느지막이 교외로 나갔다. 그러던 중 안나는 남편한테 눈병이 났으니 가급적이면 빨리 돌아와 달라는 편지를 받게 되고, 둘은 각자의 삶으로 돌아가며 헤어진다.

모스크바로 돌아온 구로프는 어떻게든 한 달 정도만 지나면 늘 그래왔듯 안나도 다른 여성들처럼 기억 속에서 희미해지고 꿈에서나 만나게 될 거라고 생각했다. 그러나 한 달이 한참 지나 한겨울이 되었는데도 모든 기억이 어제처럼 선명했다. 누군가에게 그녀와 있었던 이야기를 할 수도 없었고, 아이들도 은행 일도 지겨웠고, 어딘가에 가는 것도 싫어졌다.

12월이 되어 연휴가 돌아오자 그는 여행 준비를 하고, 아내에게는 어떤 젊은이의 일을 처리해 주러 상트페테르부르크에 간다고 둘러댄다. 그리고 안나가 얄타에서 머물던 숙소에서 알게 된 폰 디데리츠라는 남편의 성을 단서로 무작정 S시로 떠난다. 그녀와 남편은 단독주택에 살고 있었으며, 남편은 훌륭하고 부유한 사람으로 도시의 모든 사람이 그를 알고 있었기에 비교적 쉽게 집을 찾을 수 있었다.

하지만 구로프는 담장을 배회하며 그녀의 하얀 강아지만 보았을 뿐, 그녀를 만날 용기를 내지는 못했다. 그러다가 문득 아침에 역에서 〈게이샤〉 오페라 초연을 알리는 포스터를 봤던 것을 떠올린다. 그는 이 오페라가 초연이기 때문에 안나가 반드시 관람할 것이라 생각했고, 예상은 적중했다. 남편이 잠시 자리를 비운 사이 갑작스레 구로프를 마주친 그녀는 자신도 그동안 계속 그때를 떠올렸다고 말하며, 대체 왜 왔냐고 다그친다. 그러나 구로프는 아랑곳하지 않고 안나를 안으며 얼굴과 손에 입을 맞춘다. 주변 사람들이 계속 신경 쓰였던 그녀는 자신이 모스크바로 가겠다고 말하며 지금은 가달라고 구로프에게 부탁하고, 둘은 다시 헤어진다.

이후 그녀는 두세 달에 한 번씩 남편에게는 산부인과 치료를 받는다고 둘러대고 모스크바로 구로프를 만나러 간다. 모스크바에 도착하면 호텔에 짐을 풀고, 심부름꾼을 구로프에게 보냈다. 그러면 구로프가 그녀에게 왔고, 모스크바에서는 아무도 이 사실을 알지 못했다.

이날도 구로프는 딸을 학교에 데려다주고 호텔로 갔다. 그런데 그날따라 안나는 그의 품에서 울음을 그치지 못했다. 자기들의 삶이 정말로 슬프게 엮이고 말았다는 것을 깨닫고 처량해지고 불안해져 눈물을 쏟은 것이다. 그런 다음 오랫동안 머리를 맞대고 각기 다른 도시에 살며 오랫동안 만나지 못하는 지금의 상황에서 벗어날 방법에 대해 이야기한다. 구로프는 조금만 더 견디면 해결책을 찾아 새로운 삶을 시작할 수 있을 거라 생각했다. 하지만 이내 둘은 종착지는 아직 멀었으며, 가장 어렵고 복잡한 일은 이제 막 시작된 것임을 깨닫는다.

2. 살펴보기

① 드미트리치 구로프

구로프는 마흔이 채 안 된 은행원으로, 이른 결혼으로 열두 살 난 딸과 중학교에 다니는 아들 둘이 있다. 안나에게 소개한 말에 따르면 집을 두 채 가지고 있고, 인문학을 전공했으나 은행에서 근무하고 있으며, 한때는 오페라 가수를 꿈꿨던 사람이다. 그는 '두 개의 삶'을 살고 있다.

그에게는 두 개의 삶이 있었다. 하나는 원하는 사람은 누구나 보고 알 수 있는 대외적인 삶, 관례적 진실과 관례적 기만으로 가득한 삶, 지인들의 삶과 완전히 닮은 삶이었고, 다른 하나는 비밀스러운 삶이었다. 그런데 분명 우연이겠지만 어떤 특별한 상황이 발생하며 그에게 중요하고 흥미로우며 불가피한 모든 것, 그가 자신을 속이지 않으면서 진실하게 하는 모든 일, 말하자면 그의 삶의 핵심은 남모르게 비밀리에 행해졌고, 그가 진실을 덮기 위해 숨었던 껍질이자 그의 거짓인 모든 것, 예를 들어 은행 업무나 클럽에서의 언쟁, 그가 즐겨 말하던 그 '열등한 족속'과의 관계, 부부 동반으로 참석하는 어떤 기념일 같은 것들은 모두 공공연하게 행해졌다. 그는 자기의 잣대로 타인을 판단했기 때문에 눈에 보이는 것을 믿지 않았고, 모든 사람이 밤과 같이 어두운 비밀의 덮개 아래에서 진짜 삶, 가장 흥미로운 삶을 즐기고 있을 거라 생각했다. 사적인 모든 실존은 비밀 안에서 유지되고 있고, 어쩌면 어느 정도는 바로 그렇기 때문에 교양 있는 인간은 자기의 사적 비밀을 지키기 위해 그렇게나 민감하게 법석을 떠는지도 모른다.

구로프에게는 '공공연한 삶'과 '비밀스러운 삶'이라는 서로 다른 삶이 존재한다. 구로프의 기준에 따르면 눈에 보이는 모든 공적인 삶은 어쩔 수 없이 행해지는 것들이고, 가장 중요한 것들은 늘 비밀의 덮개 아래서 진행된다. 즉 구로프에게는 '내가 생각하는 나'와 '남이 생각하는 나' 사이의 간극이 매우 큰 것이다.

공개적 영역 (open area) 나도 알고 남도 알고	맹목적 영역 (blind area) 나는 모르고 남은 알고
숨겨진 영역 (hidden area) 나는 알고 남은 모르고	미지의 영역 (unkown area) 나도 모르고 남도 모르고

조하리의 창

미국의 심리학자 조셉 루프트와 해리 잉햄의 이름을 딴 '조하리의 창'이라는 심리학 모델은 이러한 구로프의 심리 상태를 잘 나타냈다. '조하리의 창'은 타인에게 자신을 공개하는 정도와 타인의 피드백을 수용하는 정도의 차이에 따라 개개인의 의사소통 창문이 다르다는 것으로, 이를 네 가지 영역으로 구분하고 있다. 일반적으로 원만한 인간관계를 중시하는 사람들은 공개적 영역이 클 것이고, 개인의 사생활을 중요시하는 사람은 숨겨진 영역이 클 가능성이 높다. 구로프는 사적인 비밀에 민감하므로, 타인에 비해 숨겨진 영역이 큰 것이다. 하지만 이 모델은 단순히 어떤 영역이 클수록 더 좋은 것이라고는 이야기하지 않는다. 다만 인간관계에 회의감이나 어려움을 느낄 때 자신의 의사소통 방식에 대해 성찰하고 변화를 도모할 필요가 있다고 말한다. 구로프의 경우 안나와의 위태로운 만남으로 인해 기존의 인간관계에 대한 불편함과 거북함이 표출되고 있으므로 자신을 되돌아보는 시간이 필요할 것이다.

이러한 심리 때문인지, 구로프는 현재의 결혼 생활에 만족하지 못하는 상태이다.

아내는 눈썹이 시커멓고 키가 큰 여자로, 고지식하고 당당하고 권위적이며 스스로 알고 있듯 머릿속에 든 것이 많았다. 그녀는 책을 많이 읽었고, 글을 쓸 때는 경음부호를 쓰지 않았으며, 남편을 드미트리가 아닌 '디미트리'라고 불렀다. 그는 속으로 아내가 멍청하고 편협하며 천박하기까지 하다고 생각했지만, 한편으로는 또 그런 아내가 무서워 집에 있기를 싫어했다.

구로프의 아내는 남편에게 당당하고, 독서를 많이 하며, 1970년 러시아 맞춤법 개정으로 경음부호가 제거되기 전부터 이미 경음부호를 쓰지 않은 걸 볼 때 매우 유능하고 지적인 여성으로 보인다. 하지만 구로프는 짙은 눈썹에 체구도 크고 권위적이며 직설적인 아내를 무서워한다. 또 일종의 자격지심인지 혹은 시기적 권태감일지는 모르나, 아내를 멍청하고 편협하다고 생각한다. 그럼에도 구로프의 아내가 그를 일종의 애정표현인 '디미트리'로 부르는 것으로 볼 때, 그의 이런 속마음과 외도를 눈치채지 못했음을 알 수 있다. 그도 그럴 것이, 구로프는 여성을 어떻게 대해야 하는지를 본능적으로 아는 사람이기 때문이다.

그는 남자들이 모인 자리를 불편해하고 지루해했으며, 말도 잘 하지 않고 태도도 차가웠다. 그러나 여자들과 함께할 때는 편안했고 무슨 말을 해야 할지, 그리고 어떻게 처신해야 할지 잘 알았다. 심지어 여자들과는 말없이 그냥 있는 것도 힘들지 않았다. 그의 외모, 성격, 그리고 그라는 사람 자체에는 뭔가 종잡을 수 없는 매력이 있어서 그는 쉽게 여자들과 친해졌고, 그녀들을 사로잡았다.

이로 추측하건대, 아내도 구로프의 '종잡을 수 없는 매력'에 빠져 있을 것이다. 구로프는 자신의 이런 강점을 잘 알고 있었고, 이를 활용해 여자들과 가까이 지낸다. 그런데 그의 문제는 여성 편력

뿐만이 아니라 여성을 '열등한 족속'이라 생각하며 도구적 가치로 매우 편협하게 본다는 점이다.

그의 바람기는 이미 오래전부터 계속돼 온 것으로, 그동안 수시로 외도를 해왔다. 그러한 이유 때문인지 그는 늘 여성을 좋지 않게 평가했으며, 모임에서 여자들 이야기가 나오면 그들을 두고 "열등한 족속!"이라고 못을 박았다.

그러면서도 새로운 여성을 만날 때마다 다시금 생의 의욕이 넘쳐흐름을 느낀다. 안나를 처음 만났을 때도 그녀의 애틋함에 끌려 음흉한 목적을 지니고 접근했다. 그리고 추억만을 남긴 채 예외 없이 헤어지게 된다.

그런데 안나와의 만남 이후 모스크바의 일상으로 돌아온 구로프에게 전에 없던 증상이 생긴다.

구로프는 어떻게든 한 달 정도가 흐르면 안나 세르게예브나도 기억 속에서 희미해질 것이며, 다른 여자들처럼 어쩌다 한 번씩 그 매력적인 미소와 함께 꿈속에서 나타나리라 생각했다. 그러나 한 달이 훌쩍 넘어 한겨울이 되었는데도 그녀의 모든 것이 기억 속에 선명했고, 안나 세르게예브나와 헤어진 게 바로 어제처럼 느껴졌다. 그녀에 대한 회상의 불길은 점점 더 거세게 타올랐다.

다른 여자들과는 다르게 시간이 지나도 그녀가 잊히지를 않는 것이다. 희미해지기는커녕 일상에서의 모든 감각이 모두 그녀를 떠올리게 했고, 회상을 넘어 꿈속에서 만난 그녀는 바로 곁에서 살아 숨 쉬는 듯 더 아름답고 젊고 다정해 보인다. 결국 구로프는 안나를 찾아가는 선택을 한다.

그는 여자들에게 언제나 그 자신이 아닌 다른 사람처럼 보였다. 여자들은 그에게서 그가 아닌 다른 사람, 그들이 인생을 살아가면서 애타게 찾아 헤매던 어떤 사람, 그들이 상상으로 만들어낸 그 사람을 사랑했다. 그들은 이후에 실수했음을 깨닫고 나서도 여전히 그를 사랑했다. 그런데 그들 중 단 한 사람도 그와 함께하는 동안 행복해하지 않았다. 세월은 흐르고, 그는 여자들과 만나고 관계를 맺고 헤어졌지만, 단 한 번도 사랑한 적은 없었다. 그걸 뭐라 부르든 상관없지만, 단연코 사랑은 아니었다.

잠시 구로프의 입장이 되어보자. 구로프는 일찍 결혼했지만, 지금까지 진정한 사랑을 몰랐다. 그런데 뒤늦게 운명이라 여겨지는 사랑이 찾아왔다. 윤리와 비윤리, 가족과 욕망, 평범한 만남과 운명적 만남의 대립이다. 우리가 구로프라면 어떤 선택을 할까? 결말이 나지 않은 이 이야기의 끝에서 구로프와 안나는 행복하게 웃을 수 있을까?

② 안나 세르게예브나

얄타 해변에 '개를 데리고 다니는 여인'이라 불리며 주변 사람들의 시선을 한몸에 받은 사람이 있었다. 그녀는 바로 스무 살에 결혼해 2년째 결혼 생활을 하고 있는 안나 세르게예브나이다. 그녀는 따분하고 지겨운 일상에서 탈출하기 위해 강아지와 함께 얄타를 찾았다. 그리고 그곳에서 구로프를 만나게 된다. 처음에는 자신의 강아지를 부르며 다가와 말을 거는 이 낯선 남자는 그녀에게 호기심의 대상이었다. 하지만 구로프의 '종잡을 수 없는 매력'에 곧 두 사람은 나란히 발걸음을 옮기며 자유롭고 여유로운 대화를 이어가기 시작한다.

구로프가 그녀와의 첫 만남을 회상하는 대목을 보자.

그는 문득 그녀가 얼마 전까지만 해도 학생 신분이었다는 것, 자신의 딸과 똑같이 학교에 다녔다는 것을 상기했다. 또 그녀가 낯선 사람과 웃으며 대화를 할 때는 얼마나 수줍어하고 멋쩍어했는가를 기억해 냈다. 그녀는 한 남자가 알아채지 못할 수가 없을 만큼 음흉한 목적 하나만 가지고 자기의 뒤를 따르고, 바라보고, 말을 섞는 이 상황을 난생처음 홀로 맞은 것이 분명했다.

이를 보면 안나의 성격이 무척 내향적이라는 것을 알 수 있다. 어리고 순진한 여자가 일상의 따분함에서 탈출하기 위한 모험 속에서 하필이면 마성의 남자를 맞닥뜨리게 된 것이다.

그와 사랑을 나눈 뒤, 그녀는 우울한 상념에 잠긴다. 그녀는 구로프와는 다른 삶을 살아왔던 것이다. 구로프와 함께한 모든 것은 호기심을 자극하는 첫 경험들이었지만, 자신의 착한 남편이 계속 떠올랐다. 그뿐만 아니라 구로프의 상냥함도 이 시간 후로 신기루로 변할 것 같은 불안감과 조바심에 사로잡혔다. 그녀는 눈물을 흘리며 "이제 당신이 먼저 저를 존중하지 않겠죠?"라고 묻고는 지금의 상황이 끔찍하다고 말한다.

저는 더럽고 나쁜 여자예요. 저 자신을 경멸해요. 합리화 같은 건 생각도 안 해요. 저는 남편을 속인 게 아니라 저 자신을 속인 거예요. 이번에만 그런 것도 아니고, 오래전부터 그래왔어요. 어쩌면 남편은 성실하고 선량한 사람일지 몰라요. 하지만 어쨌거나 그 사람은 하인이에요! 그 사람이 무슨 일을 하는지, 어떻게 근무하는지는 알 수 없지만, 그이가 하인이라는 사실 하나는 알아요. 그 사람과 결혼할 때 저는 스무 살이었어요. 호기심에 몸이 달았고, 무언가 더 나은 걸 바랐어요. 저는 스스로에게 말했어요. 세상에는 지금의 삶과는 다른 삶도 분명 있을 거야. 한번 제대로 살아보고 싶었어요. 살고, 또 살고 싶었어요. 불길처럼 호기심이 치솟았어요. 당신은 이해할 수 없을 거예요. 하지만 맹세하건대, 저는 더 이상 스스로 감당할 수 없을 정도가 되었어요. 제 안에서 무슨 일인가가 일어나고 있었고, 더는 그걸 견딜 수가 없어 남편에게 아프다고 말하고 이곳으로 온 거예요. 그런데 미친 여자처럼 열에 들떠 마냥 쏘다니더니, 이제는 누구라도 경멸할 천하고 하찮은 여자가 되고 말았어요.

구로프에게 털어놓은 이 일종의 고해성사를 통해서 그녀가 세상 풍파를 겪어본 적이 없는 순수한 인물임을 알 수 있다. 아마도 그녀에게 결혼 생활이란 수능이 끝난 뒤 찾아올 환상과 낭만의 대학 생활 같았을 것이다. 그런데 기대와는 달리 결혼 생활은 자신에게 '하인'과 변함없는 안정만을 주었고, 더 나은 것을 찾고 싶은 호기심에 몸이 달아 결국 이 상황에 이른 것이다.

아무도 그에게 수심(水深)을 일러준 일이 없기에
흰나비는 도무지 바다가 무섭지 않다.

청(靑)무우밭인가 해서 내려갔다가는
어린 날개가 물결에 절어서
공주(公主)처럼 지쳐서 돌아온다.

삼월(三月)달 바다가 꽃이 피지 않아서 서글픈
나비 허리에 새파란 초생달이 시리다.

- 김기림, 〈바다와 나비〉

그녀는 김기림의 시 〈바다와 나비〉에 등장하는 '흰나비' 같은 존재이다. 이 '흰나비'는 '푸른 바다'가 도무지 무섭지 않다. 지금까지의 삶과 결혼 생활은 그녀에게 바다의 '수심'을 일러주지 않았을 것이다. 그래서 '청무우밭' 알타에 찾아와 열에 들떠 마냥 쏘다닌 것이다. 하지만 그녀는 결국 구로프라는 남자를 만나 '물결에 절어서, 공주처럼 지쳐서' 돌아가는 '초생달의 시림'을 겪고 있는 것이다.

그런데 안나의 예상과는 다르게 구로프는 이러한 그녀에게 애틋함을 느끼고 다정하게 달래준다. 지금까지 마귀에 홀려 죄를 저질렀다고 생각했던 그녀는 결국 구로프의 마법에 빠진다. 그리고 누구나 그렇듯 사랑의 콩깍지가 씌어 이 세상 모든 것이 아름답게 보이기 시작한다.

그러나 곧 남편의 눈병으로 집에 돌아가야 하는 순간이 찾아온다. 안나는 구로프와 함께한 시간을 좋은 추억으로 간직하겠다면서 자신을 나쁘게 생각하지 말아달라고 이야기한다. 그러고는 그의 얼굴을 다시 한번 본 뒤, 울지는 않았지만 슬픈 환자의 모습으로 기차를 타고 사라진다. 안나도 여행이 주는 들뜸과 설렘으로 인한 만남은 결국 그 끝이 정해져 있음을 알고, 처음부터 헤어짐을 염두에 두고 있었을 것이다. 그리고 이때까지 그녀는 구로프를 선량하고 특별하며 고상한 사람으로 여기고 있었다.

이렇게 둘의 관계는 일단락된 듯 보였으나, 그녀를 잊지 못한 구로프가 S시까지 찾아와 둘은 결국 오페라 극장에서 다시 만나게 된다. 그녀는 그를 피해 출구 쪽으로 뛰쳐나갔지만, 결국 좁은 층계 끝에서 그들의 술래잡기는 끝이 난다. 그를 만난 그녀의 반응을 살펴보자.

"이러시면 어떡해요! 죽는 줄 알았잖아요. 도대체 여기까지 왜 오신 거예요? 왜요?"(중략) "너무 괴로웠어요!" 그녀는 그의 말을 들을 생각도 하지 않고 계속 이야기했다. "늘 당신 생각을 했어요. 당신 생각만으로 살았어요. 잊고 싶었어요. 정말 너무나 잊고 싶었어요. 그런데 대체 왜 오셨나요?" 위쪽 층계참에서 학생 둘이 담배를 피우며 아래를 내려다보고 있었지만, 구로프는 아랑곳하지 않고 안나 세르게예브나를 힘껏 끌어안았다. 그러고는 얼굴과 목과 손에 입을 맞추기 시작했다. "대체 이게 무슨, 이게 무슨 짓이에요!" 그녀는 공포에 질려 그를 떠밀었다. "당신도, 저도 미쳤어요. 오늘, 아니 지금 당장 떠나세요…… 모든 성인의 이름으로 부탁해요…… 제발…… 사람들이 오잖아요!" 그때 누군가 계단을 올라오는 소리가 들렸다. "떠나셔야만해요." 안나 세르게예브나는 계속 속삭였다. "제 말 들려요, 드미트리드미트리치? 제가 모스크바로 갈게요. 저는 한 번도 행복한 적이 없었고, 지금도 행복하지 않고, 앞으로도 행복하지 않을 거예요! 더 이상 저를 괴롭히지 마세요! 맹세해요, 제가 모스크바로 갈게요. 그러니 지금은 그냥 가요! 당신을 너무나 사랑해요, 그렇지만 지금은 가셔야 해요!"

이를 보면 구로프와 헤어지고 난 뒤 그녀 역시도 그를 계속 그리워했음을 알 수 있다. 하지만 여전히 정신적으로나 내적으로 성장하지는 않은 듯하다. 그녀는 단순히 남편이나 주변 사람들에게 구로프와 함께 있는 모습을 들킬까 봐 전전긍긍하는 것이기 때문이다. 그녀는 가족들과 지인들에게는 변함없는 모습으로 남고 싶으면서도, 또 한편으로는 자신에게 찾아온 운명 같은 사랑도 지키고 싶은 욕심 많은 철부지일 뿐이다. 그녀는 지금까지 한 번도 행복한 적이 없었고 앞으로도 행복하지 않을 거라고 말하는데, 이 말이 구로프와의 사랑을 위한 단호한 의지의 표현인지, 앞으로 그들 만남의 귀착지를 의미하는지는 이 작품의 끝에서도 알 수 없다. 다만 그 종착지까지의 거리가 결코 가깝고 평탄하지는 않으리라는 사실은 짐작할 수 있다.

3. 톺아보기

① 문학의 사회적 역할

톨스토이는 체호프를 세계 최고의 이야기꾼으로 꼽았지만, 〈개를 다니고 다니는 여인〉에 대해서는 혹평을 했다.

체호프의 〈개를 데리고 다니는 여인〉을 읽었다. 온통 니체뿐이다. 선과 악을 구분할 수 있는 분명한 가치관을 갖추지 못한 사람들, 두려워하고 찾아내려고 하기 전에 먼저 생각해 보니, 그들은 선과 악은 저쪽에 치워두고는, 이쪽에만 머문다. 거의 짐승이나 다름없다.

톨스토이는 1900년 1월 16일 자 일기에 체호프의 소설이 비윤리적이라 기록했다. 니체는 톨스토이와 비슷한 시기에 활동한 독일의 실존주의 철학자로, "신은 죽었다."라는 명언으로 우리에게 잘 알려져 있다. 신이 없어진 사회에서 도덕과 윤리는 무의미하기에, 도덕주의자였던 톨스토이가 '온통 니체뿐'이라고 하는 것은 매우 부정적인 평가일 것이다. 톨스토이는 체호프를 기교에 있어 나보다 훨씬 뛰어난 유일무이한 작가라 평가할 정도로 독창적 표현 측면에서는 긍정적이었지만, 기혼자들의 불륜 이야기에서 그 어떤 반성이나 회개가 없는 내용적 측면은 도저히 받아들일 수 없었던 모양이다. 그도 그럴 것이, 톨스토이는 불륜이라는 유사한 소재를 다룬 《안나 카레니나》에서 주인공 안나가 자살하게 했고, 《부활》에서는 성경을 통해 구원을 얻게 했다.

하지만 〈개를 데리고 다니는 여인〉은 사할린에서의 깨달음 이후 톨스토이즘에서의 탈피를 선언한 체호프의 문체가 자리를 잡았음을 보여주는 방증이 된다. 체호프의 시선으로 보면 톨스토이의 작품은 교훈을 강요하는 작위적인 도덕책 느낌이었을지도 모른다. 하지만 체호프는 톨스토이의 윤리적 비판에는 아무런 반응도 하지 않았다. 비록 톨스토이에 동의하지는 않았지만, 그는 "나의 인생에서 레프 니콜라예비치 톨스토이만큼 그렇게, 심지어 맹목적으로 존경한 인물은 없었다."라면서 예술가로서 존경을 표했다. 체호프는 예술의 영향력을 활용해 윤리적인 삶을 표방하기 위한 선명한 주제 의식을 드러내기보다는 다양하고 파편화돼 있는 개인들이 어울려 사는 현실 그대로의 모습을 재현하고자 했다. 체호프가 생각하는 문학작품의 역할은 선(善)을 가르쳐 모방하게 하는 것이 아니라, 충격과 성찰로 선(善)을 깨닫게 하는 것이었다.

② 쿨의 〈운명〉과 〈개를 데리고 다니는 여인〉
여기에서는 〈개를 데리고 다니는 여인〉과 쿨의 〈운명〉이라는 노래의 가사를 비교하며 함께 살펴보려 한다.

어느 날 우연히 그 사람 본 순간
다리에 힘이 풀려 주저앉고 말았지
그토록 애가 타게 찾아 헤맨 내 이상형
왜 하필 이제야 내 앞에 나타나게 된 거야
그토록 애타게 찾아 헤맬 때는 없더니
혼자가 힘들어 곁에 있던 여자친구가 이제는 사랑이 돼버렸잖아
운명 같은 여잘 만나서 이젠 나를 떠나가라고
그 애에게 말해버리면 보나 마나 망가질 텐데

그렇다고 그 애 때문에 그녈 다시 볼 수 없게 돼버리면

나도 역시 망가질 것 뻔한데

정말 답답해 짜증이 나 어떡해야 해

둘 다 내 곁에 있을 수는 없는 거잖아

정말 화가 나 그 누구도 버릴 수 없어

차라리 이럴 땐 나 혼자가 되고 싶어

가사 속 '나'는 흔히 말하는 양다리로, 부적절한 이성 관계를 유지하고 있다. 다만 구로프와 안나는 기혼자였으니 이보다는 한층 수위가 낮다. 구로프가 이른 나이에 결혼을 선택했듯, '나' 역시 운명의 여인이 등장하기 전에 친구였던 여자와 연애를 시작했다. 다만 구로프와는 달리 '나'는 운명의 여인을 만나자 다리에 힘이 풀릴 정도로 첫눈에 반했고, 또 현재의 연인과 운명의 연인 사이에서 누구를 택해야 할지 몰라 어려워하고 있다. '나'는 둘 모두를 가질 수는 없는지 말도 안 되는 고민을 하다가 결국 혼자가 되고 싶다며 현실도피를 하기에 이른다.

반면 구로프는 프로다. 그는 여성을 잘 알기에, 안나의 이별 신호에 미련 없이 헤어진다. 늘 그래왔듯 아쉬움과 미련은 시간이 해결해 줄 거라고 믿었다. 하지만 그는 그녀를 잊지 못했고, 살면서 처음으로 헤어진 여자를 다시 찾는다. 뒤늦게 그녀가 운명의 여인임을 안 것이다. 그리고 진정한 사랑에 빠져든다. 구로프와 안나는

각자 다른 사람과 결혼한 자신들을 각기 다른 새장에 갇힌 한 쌍의 철새에 비유하며 서로에게 연민을 느낀다.

　말할 것도 없이 구로프와 '나' 둘 다 도덕적으로 옳지 못하다. 다만 구로프는 이미 선택을 했고, '나'에게는 아직 선택의 기회가 남아 있다는 점은 다르다. 체호프의 의도대로 '나'가 〈개를 데리고 다니는 여인〉을 읽고 사랑과 윤리에 대한 반성과 성찰을 통해 '선(善)'으로 나아간다면, 구로프와는 달리 '나'에게는 행복한 미래를 기대할 여지가 아직 남아 있지 않을까?

③ 영화 〈화양연화〉와 〈개를 데리고 다니는 여인〉

2000년에 개봉한 〈화양연화〉라는 영화가 있다. 〈개를 데리고 다니는 여인〉과 유사한 내용을 가진 영화지만, 달리 생각해 볼 여지가 있는 작품이기에 여기서 두 작품을 비교해 보려 한다. 두 작품 모두 사랑에 대해 소란스럽게 이야기하지 않고, 담담하게 내용을 전개한다는 공통점이 있다.

　〈화양연화〉는 양조위와 장만옥을 주연으로 한 영화로, 칸 국제 영화제에서 남우주연상과 기술대상을 수상한 바 있다. 또 영화 관련 설문 조사에서 늘 반드시 봐야 하는 영화로 손꼽히며, 최근에는 리마스터링해 재개봉할 만큼 오랜 시간 사랑받은 영화이다.

　줄거리는 다음과 같다. 1962년 홍콩, 같은 날 같은 아파트에 두 가구가 이사를 온다. 이들은 무역 회사의 비서로 일하고 있는 소려진(수 리첸)과 그녀의 남편, 그리고 지역 신문사에서 기자로 일하고 있는 주모운(차우 모윈)과 그의 아내이다. 소려진의 남편은 사업상 일본 출장이 잦으며, 주모운의 아내도 호텔에서 일하고 있어 집을 자주 비운다. 그러다 보니 혼자 있는 시간이 많은 소려진과 주모운이 자주 부딪히게 되고, 어느새 이웃으로 가까워진다. 그러던 어느 날, 두 사람은 주모운의 넥타이와 소려진의 가방이 각자 배우자의 것과 똑같음을 알아보고 그들의 관계를 눈치챈다. 둘은 자신들의 배우자들이 그 관계를 어떻게 시작한 것인지 궁금해하는 동시에 서로의 상처를 공유하며 비밀스러운 만남을 이어가는데, 독특하게도 그 방법은 서로의 배우자가 되어 역할극을 하는 것이었다. 이때 마음이 복잡했던 주모운은 무협소설을 쓰기 시작하는데, 이를 소려진이 도와주게 되며 둘은 더 가까워진다. 그러나 함께하는 시간이 많아지면서 주변 사람들에게 관계를 들킬 상황이 발생한다. 이에 두 사람은 둘만의 공간인 동방호텔 2046호에서 작업을 계속한다.

그러나 소문은 일파만파 퍼져나가고, 두 사람도 서로에게 사랑의 감정을 느끼게 되면서 자신들도 결국 부적절한 관계였음을 깨닫는다. 더는 견디기가 힘들어진 주모운은 싱가포르로 떠날 결심을 하고 소려진에게 함께 가자고 말하지만, 그녀는 답하지 않는다. 둘은 마지막 이별 연습을 한다.

1년 뒤 소려진은 주모운을 잊지 못하고 싱가포르로 가지만, 립

스틱이 묻은 담배꽁초만을 남긴 채 만나지 않고 돌아온다. 어느 날은 주모운에게 전화를 걸기도 했지만, 결국 아무 말도 하지 못하고 끊는다.

다시 3년 뒤, 주모운은 홍콩으로 돌아와 예전에 살던 집을 찾는다. 그곳에서 서로의 흔적을 찾지만, 인연의 끈은 끝내 이어지지 않는다. 주모운은 자신의 화양연화가 끝났음을 깨닫고 캄보디아 앙코르와트를 방문한다. 그리고 기둥의 작은 홈에 무언가를 속삭이고는, 흙으로 구멍을 막은 뒤 그곳을 떠난다.

줄거리에서 알 수 있듯 〈개를 데리고 다니는 여인〉과 〈화양연화〉는 비슷하면서도 또 분명 다르다. 두 작품 모두 기혼자인 두 남녀의 부적절한 관계를 보여준다. 다만 소려진과 주모운의 관계는 반려자의 외도를 목격한 후 성립됐다는 점에서 구로프와 안나에 의해 상처받은 그들의 배우자의 모습이라 생각할 수도 있겠다.

〈화양연화〉의 소려진은 주모운이 있는 싱가포르로 찾아가지만, 만남으로 이어지지는 않는다. "절대, 절대 선을 넘지 말아야 해요. 우린 그들과 달라요."라는 대사로 알 수 있듯 윤리적 경각심을 바탕으로 시작한 만남이 어느덧 이별에 다다르자 주모운은 "티켓이 한 장 더 있다면, 나와 같이 가겠소?"라며 능동적인 모습을, 소려진은 "내게 자리가 있다면 내게로 올 건가요?"라며 소극적인 모습을 보인다. 그렇기에 결국 두 사람이 함께했던 지난 시간은 '먼지 쌓인 유리창처럼 볼 수는 있지만 만질 수 없이' 인생에서 가장 아름다운 한때, 화양연화로 남게 된 것이다. 한편 〈개를 데리고 다니는 여인〉의 안나와 구로프도 얄타에서의 헤어짐 이후 서로를 잊지 못해 찾아가는데, 〈화양연화〉와는 다르게 결국 만나 다시 인연을 이어나간다. 먼지 쌓인 유리창처럼 만지지 않고 보고만 있는 것이 아니라, 지나간 시절로 돌아가기 위해 유리창을 깨버린 것이다.

또 이 위태로운 사랑을 시작한 뒤, 구로프와 주모운은 자신들의 이야기를 세상 어딘가에 남기고 싶어 한다. 구로프는 실제로 모임에서 주변 사람에게 살짝 화제를 꺼내기도 했다. 그러나 주모운은 "모르죠? 옛날에는 뭔가 감추고 싶은 비밀이 있을 때 어떻게 했는지. 산에 가서 나무를 하나 찾아 거기에 구멍을 파고는 자기의 비밀을 속삭이고는 진흙으로 봉했다고 해요. 비밀은 영원히 가슴에 묻고."라는 대사대로 영화의 끝에서 앙코르와트의 기둥 구멍에 소려진과의 사랑을 속삭이고는 흙으로 막는다. 둘의 사랑은 화양연화로 끝났지만, 앙코르와트가 수백 년 동안 그 자리를 지켰듯이 자신들의 이야기도 영원히 남기고 싶은 마음이었을 것이다.

두 작품은 표현 부분에서도 유사한 점이 있다. 〈화양연화〉는 부적절한 남녀 관계를 다루고 있지만, 청소년 관람 불가 영화는 아니다. 이는 자극적이고 선정적인 장면 없이 빼어난 미장센으로 관객들에게 은연중 숨 막히는 감정들의 뉘앙스를 전달하기 때문이다. 미장센이란 영화 화면 내 요소들인 연기, 분장, 무대 장치, 의상, 조명 등을 전체적으로 어우러지게 연출해 나타내는 총체적 미학을 의미한다. 특히 같은 상황이라 할지라도 영화 요소들을 세부적으로 어떻게 배열하고 조직하느냐에 따라 관객이 받아들이는 느낌이 크게 달라지므로 매우 중요한 요소라고 할 수 있다. 〈화양연화〉는 전체적으로 어두운 톤의 분위기가 이어진다. 또 이웃 사이가 된 소려진과 주모운이 좁은 복도와 계단에서 닿을 듯 말 듯 스치는 장면, 거울과 얇은 커튼을 통해 여러 프레임을 연출함으로써 나타나는 내면 심리, 다양한 창과 문 등을 활용한 상징적이고 세련된 공간 활용이 돋보인다. 소려진의 심리 상태에 따라 바뀌는 형형색색의 중국 전통 의상 또한 압권이며, 바람이 스치는 듯 감미로운 마성의 선율은 끝나지 않을 듯한 긴 여운을 남긴다.

〈개를 데리고 다니는 여인〉도 마찬가지로 부적절한 남녀 관계에 대한 이야기이며, 구구절절한 설명 없이 적은 수의 단어로 섬세하고 미묘한 상황을 그려내 이를 통해 독자가 인물에 몰입하게 한다. 〈개를 데리고 다니는 여인〉은 소설이기에 〈화양연화〉와 같은 미장센은 존재할 수 없지만, 소설 속 인물의 내면과 조응하는 풍경 묘사는 그것만큼이나 효과적으로 장면의 분위기를 머릿속에 연출해 낸다.

그들은 오레안다의 성당 근처 벤치에 앉아 바다를 내려다보았다. 얄타는 새벽 안개에 가려져 거의 보이지 않았고, 산꼭대기에는 움직임 없는 흰 구름이 걸려 있었다. 잎새가 바람에 이는 소리도 들리지 않앉고, 매미들만 쉼 없이 울어댔다. 아래쪽에서 몰려오는 단조롭고 공허한 파도 소리는 그들을 기다리고 있는 영원한 꿈과 안식에 대해 말해주고 있었다. 얄타도 오레안다도 아직 없던 그때에도 저 밑에서는 그렇게 파도가 울었을 것이고, 지금도 울고 있으며, 앞으로 그들이 사라진 뒤에도 그렇게 무심하고 공허하게 울 것이었다. 어쩌면 이 변함없음, 개개인의 삶과 죽음에 대한 이 완벽한 무관심이 영원한 구원과 끊임없이 움직이는 세상의 삶과 끊김 없는 완성을 약속하는지도 모른다.

이는 안나와 사랑을 나눈 뒤 구로프가 새벽 바다를 내려다보는 장면이다. 비록 자신의 비윤리적인 모습은 애써 외면하고 있지만, 자연의 영원성과 인생의 무상함, 그리고 세상 모든 것에 대한 본질적 아름다움을 깨달은 듯한 구로프의 대목은 마치 한편의 영상을 보고 있는 듯한 느낌마저 들게 한다.

모스크바의 집에는 벌써 겨울이 와 있었다. 벽난로에 불을 넣었고, 아침에 아이들이 차를 마시며 등교 준비를 할 때는 사방이 너무 어두워 유모가 잠깐 불을 켰다. 기온은 벌써 영하로 떨어지고 있었다. 첫눈이 오는 바로 그날 썰매를 끌고 나가 새하얀 대지와 지붕을 바라보는 것은 설레는 일이다. 깨끗하고 부드러운 공기가 폐 속을 채우면 어린 시절의 추억이 떠오른다. 서리를 맞아 하얗게 된 늙은 보리수나

무와 자작나무는 선량한 표정이어서 삼나무나 종려나무보다 더 친근하게 느껴진다. 그 곁에 있으면 산이니 바다니 하는 것들은 생각도 나지 않았다.

이 장면은 여전히 안나를 잊지 못한 채 한겨울을 맞은 구로프의 일상을 보여준다. 우리에게는 다소 낯선 러시아지만, 왠지 군고구마를 먹으며 입김을 내뿜을 것 같은 친숙함과 함께 늘 보던 겨울을 다채롭게 표현하는 세련미를 엿볼 수 있다. 이런 요소들이 바로 체호프만의 미장센일 것이다.

〈개를 데리고 다니는 여인〉, 〈화양연화〉의 두 남녀에게 찾아온 사랑은 이성으로는 도저히 멈출 수 없는 듯, 너무나 운명적인 나머지 통제할 수 없는 듯 보인다. 그럼에도 떳떳할 수 없기에, 주인공들은 이성과 감정의 위태로움 위에서 줄타기를 한다.

그러나 우리는 모두, 때로는 이루어질 수 없기에 아름다운 사랑도 있다는 것을 잘 알고 있다. 혹시 결말이 나지 않은 구로프와 안나의 이야기가 불편하게 느껴진 독자라면, 그들의 감정도 주모운과 소려진의 사랑 같이 마침내 영원한 화양연화로 남겨지리라고 상상해 보자. 그럼 불편함을 흥미롭게 읽어내렸던 시간에 대한 마음의 짐을 한결 덜어낼 수 있지 않을까 한다.

벚꽃 동산

The Cherry Orchard, 1903

1. 훑어보기

벚꽃이 피었지만 아직은 쌀쌀한 5월, 류보피 안드레예브나 라네프스카야(류바)는 5년 만에 파리에서의 생활을 마치고 벚꽃 동산 영지가 있는 고향으로 딸 아냐, 양녀 바랴와 함께 돌아온다. 여기서 양녀(수양딸)란, 당시 러시아 귀족 사회에서 여주인의 시중을 들거나 집안일을 했던 사람이다. 고향에 돌아온 그들을 류보피의 오빠 레오니드 안드레예비치 가예프, 죽은 아들의 가정교사였던 만년 대학생 표트르 세르게예비치 트로피모프(페차), 많은 빚에 쪼들리는 이웃 지주 보리스 보리소비치 시메오노프(피시크), 충성스러운 늙은 하인 피르스 등 많은 사람이 환영해 준다. 예르몰라이 알렉세예비치 로파힌도 그 환영 인파 중 하나로, 류보피의 영지에서 농노로 지내던 조부의 손자이며 현재는 상인이다. 그는 예전에 류보피가 자신을 잘 돌봐준 것을 잊지 않고 있었다. 그래서 빚 때문에 힘들어

하는 류보피의 경제적 상황을 미리 파악하고는, 파리에서 막 도착한 그녀에게 빚으로 인해 영지가 경매에 오를 예정이며, 그 경매일이 얼마 남지 않았다고 말해준다. 그러면서 해결책으로 벚꽃 동산과 강가의 토지를 정리해서 별장 용지로 구획해 임대하자고 제안한다. 그러나 류보피와 가예프는 벚꽃 동산에 대한 많은 추억과 애정을 가지고 있었기에 이 제안을 바로 거절한다. 가예프는 누군가에게 유산을 물려받거나, 아냐를 부잣집에 시집 보내거나, 야로슬라블에 사는 백작 부인인 고모에게 돈을 빌리는 등의 대안으로 경매 문제를 해결하려는 막연한 생각을 하고 있었다.

다음 날에도 로파힌은 류보피와 가예프에게 시간이 없다며 결단을 내려야 한다고 조언하지만, 류보피는 이를 재차 거절한다. 류보피는 나가려는 로파힌을 잡으며, 자신의 지난 삶을 이야기한다. 류보피는 늘 낭비하며 살다가 귀족이 아닌 변호사와 결혼했는데, 남편은 샴페인을 너무 좋아해 일찍 죽었다. 이후 다른 남자와 사랑을 하게 되었고, 그 무렵 아들이 물에 빠져 죽었다. 상심한 그녀는 다시 돌아오지 않을 생각으로 러시아를 떠났는데, 그때 그 애인도 따라왔다. 이 둘은 프랑스 망통 지방 근처 별장을 샀고, 그 뒤 병이 난 애인을 3년 동안 밤낮으로 간호하다가 빚으로 인해 별장을 처분하고 파리로 가게 되었다. 하지만 애인은 그곳에서 다른 여자와 바람이 났고, 충격을 받은 류보피는 자살까지 생각하다가 결국 러시아의 고향으로 돌아온 것이었다.

이후 류보피는 로파힌에게 자신의 양녀인 바랴와 결혼을 권유하지만, 로파힌은 완곡히 거절한다. 기대했던 야로슬라블의 고모가 당신의 명의로 영지를 사라며 보내준 돈은 대출 이자를 갚기에도 부족한 금액이었다. 가예프는 읍내에서 장군을 소개받아 어음을 쓰고 돈을 빌리자고 이야기하지만, 로파힌은 아무 소용없는 말이라며 핀잔을 준다. 이때 마치 하늘에서 들리는 것처럼 멀리서 줄이 끊어지는 소리가 울렸다가 슬프게 잦아드는데, 피르스는 농노해방령이 내리기 전에도 이런 소리가 들렸다며 불행을 예감한다. 이후 모두 흩어지자 아냐와 트로피모프만 남아 노동으로 새로운 삶을 시작하자며 밝은 미래를 꿈꾸지만, 얼마 지나지 않아 바랴가 아냐를 찾는 소리가 들려온다.

　류보피는 많은 빚을 지고 있었음에도 피시크의 이자를 매번 빌려주거나, 부랑자들에게 금화를 적선하는 등 여전히 이전 소비 습관 그대로 살아가고 있었다. 더구나 경매를 앞둔 상황에서 악단까지 불러 호화로운 연회를 연다. 이때 가예프와 로파힌은 경매장으로 함께 떠났으나 오랫동안 돌아오지 않는다. 트로피모프는 류보피가 아냐와 본인의 사이를 의심하고 계속 아냐의 옆에 붙어다니는 것에 화가 나서 연회 중 바랴를 '마담 로파힌(로파힌의 부인)'이라며 놀린다. 이를 목격한 류보피는 바랴에게 부유한 로파힌에게 시집을 가라고 이야기한다. 하지만 바랴는 다들 2년째 그 이야기를 해왔지만 정작 로파힌은 아무 말도 하지 않거나 농담으로 흘려

버릴 뿐 청혼을 하지 않는다고 답한다. 이후 트로피모프는 류보피에게 영지는 이미 오래전에 끝났으니 이제 현실을 직시하라고 말한다. 그러자 류보피는 트로피모프가 아직 젊기에 이해하지 못하는 것이라고 답하며 가벼운 말다툼이 일어난다. 이어 로파힌과 가예프가 돌아왔다는 소식에 사람들이 모두 모인다. 로파힌은 결국자신이 영지를 사게 되었다고 웃으면서 행복해한다. 그러면서 동시에 로파힌은 조부와 부친이 농노로 생활했던 벚꽃 동산을 자신이 산 것에 매우 자랑스러워한다. 반면 류보피는 의자에 몸을 묻고서럽게 울며 슬퍼한다.

　로파힌은 영지를 구매하자 류보피 일가의 추억이 담긴 벚꽃 동산의 나무들을 베어내기 시작한다. 그리고 하리코프에서 겨울을보내며 새로운 사업을 하기 위해 떠나기로 결정한다. 그는 모스크바로 향하는 트로피모프에게 여비를 빌려주려 했지만, 트로피모프는 번역료가 있다며 거절한다. 피시크는 본인의 땅에서 하얀 점토를 발견하고 이 땅을 한 영국인에게 빌려주어 그동안 밀렸던 빚을 갚는다. 가예프는 연봉이 6천인 은행에 자리를 잡았으나 오래버틸 것 같지는 않아 보이고, 류보피는 바람피운 애인을 다시 만나러 파리로 떠나기로 한다. 이 둘은 영지가 팔리기 전에는 괴로워했지만, 이제 모든 것이 결정되어 마음이 가벼워졌다고 서로를 다독이며 길을 떠난다. 아냐는 열심히 공부하며 엄마를 기다리겠다며배웅한다. 로파힌과 바랴는 미묘한 감정으로 대화를 나누지만 결국 각자의 길을 가게 되고, 그 밖에 그녀를 따랐던 하인들도 모두 흩어지게 된다. 그렇게 평생을 류보피 집에서 일했던 피르스만 모두의 기억에서 잊힌 채 굳게 닫힌 저택 앞에 남겨진다. 하늘에서는 줄이 끊어지는 소리가 울렸다가 잦아들고, 멀리 동산에서는 도끼로 나무 찍는 소리만 들려온다.

2. 살펴보기

① 류보피 안드레예브나 라네프스카야(류바)

류보피 안드레예브나 라네프스카야는 극 속에서 '류바'라는 애칭으로도 불린다. 그녀는 연극의 막이 오르기 전부터 이미 남편의 죽음, 아들의 죽음, 애인의 배신 등으로 자살까지 생각한 비극적 상황을 겪은 상태이다. 그러나 이런 비극적 상황이 중심 사건으로 극화되지는 않고, 독백이나 대화를 통해 스치듯 짐작할 수 있게 한다. 극 중 아냐가 17세이므로, 그녀의 나이는 대략 40대 초중반 정도로 예상된다.

5년 만에 고향으로 돌아온 그녀는 여전히 현실 감각이 없다. 극 중에서 류보피는 계속 돈을 쓰고 다시 빌리기를 반복한다.

망통 부근에 있던 별장을 이미 팔아버려서, 엄마에게 남은 건 아무것

117

도 없었어. 정말 아무것도. 나도 마찬가지로 돈이 하나도 없어서 여기까지도 간신히 돌아왔지. 그런데도 엄마는 몰라! 역에서 밥을 먹을 때는 제일 비싼 음식을 주문하시더니, 차를 시키면서 종업원들에게 1루블씩 팁도 주시더라. 샤를로타도 그러더라니까. 야샤까지 자기 몫으로 1인분을 주문하니, 너무 한심해서 할 말도 없더라.

파리에서 엄마를 데려온 과정을 설명하는 아냐의 말을 살펴보면, 류보피는 별장까지 팔고 남은 게 전혀 없었으므로 자신이 이미 경제적으로 매우 열악한 상태임을 충분히 자각하고 있었을 것이다. 그럼에도 여전히 제일 비싼 요리를 주문하고 종업원들에게 팁까지 챙겨주고 있으며, 샤를로타나 야샤 같은 하인들도 덩달아 돈을 펑펑 쓰고 있다. 또 고향에 도착한 뒤 영지가 경매에 들어간 상황을 인지하고 있음에도 여전히 시내에 나가서 밥을 먹고, 술 취한 행인이 구걸하면 금화를 적선하며, 유대인 악단을 불러 파티를 주최하기까지 한다. 심지어 영지가 경매에 팔린 뒤 작별 인사를 한 농부들에게는 자신의 지갑을 내주기까지 한다. 류보피가 없는 5년간 전 재산을 탕진한 그녀의 오빠 가예프조차 이런 류보피의 낭비벽에 대해서는 불치병이라고 판단할 정도였으니, 그녀의 경제관념은 아예 없다 봐도 무방하다.

(자신의 지갑을 들여다본다) 어제는 돈이 꽤 있었는데, 오늘은 거의 없

네. 우리 불쌍한 바랴는 아껴보겠다고 온 식구들에게 우유 수프를 주고, 주방 노인들에게는 콩밥을 먹이고 있다는데, 나는 생각도 없이 돈을 낭비하고만 있으니……

또한 시내에서 점심을 먹고 오며 한 류보피의 말로 볼 때, 그녀역시도 자신의 낭비벽을 정확히 알고 있었다. 바로 이것이 그녀를 파산에 이르게 한 결정적 원인일 것이다. 그럼에도 그녀에게는 변화가 없었다. 이로 짐작하건대, 로파힌이 영지를 직접 구매하지 않고 류보피에게 영지 살 돈을 빌려주었다 하더라도 아마 가까운 시일 내에 다시 경매에 올라왔을 것은 불 보듯 뻔하다.

아, 내 어린 시절, 순수했던 그 시절! 이 아이의 방에서 자고 여기서 정원을 내다보곤 했어. 매일 아침 행복하게 눈을 떴지. 그때도 정원은 지금과 똑같았어. 하나도 달라지지 않았구나. (기쁨에 겨워 웃는다) 온 사방이 하얘! 아, 나의 정원이여! 어둡고 음산한 가을과 추운 겨울을 보내고 너는 다시 젊어져 행복이 넘치니, 천사들은 너를 버리지 않았어……. 내 가슴과 어깨에서 이 무거운 돌을 내려놓을 수만 있다면! 내 과거를 다 잊을 수만 있다면!

이 장면을 볼 때, 그녀는 여전히 벚꽃과 같은 순수함과 낭만을 지니고 있다. 하지만 아직도 본인의 방을 아이 방이라고 지칭하는 모습은 경매의 위기 속에서 속수무책으로 수수방관하는 철부지 류보피를 더욱 부각한다. 그뿐만 아니라 일자리 제안을 받고 은행에서 근무하려는 가예프에 대해 부정적인 태도를 보이는 것, 가난한 상황에서도 파리에 거주하는 것, 대화에 프랑스어를 섞어 사용하며 은연중에 서유럽 문화를 추구하는 것, 당구에 푹 빠져 살아가는 것 등을 볼 때 현실 물정을 전혀 모르며 여전히 과거에 매몰돼 있음을 알 수 있다.

그렇다고 무조건 그녀를 비난하기는 어렵다. 왜냐하면, 그녀는 태어났을 때부터 귀족이었기 때문이다. 그녀는 단지 지금껏 살아왔던 대로 귀족으로서의 삶을 살고 있으며, 여전히 귀족으로서의 관대함을 보이고 있는 것이다. 심지어 문학작품들에서 흔히 그려지는 강한 자에게는 약하고 약한 자에게는 강한 탐욕스러운 부유층이 아닌, 본인의 상황이 좋지 않음에도 주변 사람들에게 선뜻 자신의 것을 나누는 사람이다. 이를 긍정적으로 바라본다면 '노블리스 오블리주'라고도 생각할 수 있을 것이다. 특히 경매가 끝난 뒤 집을 떠날 때 마지막까지 바랴의 결혼과 피르스의 건강을 염려하고 챙기는 모습은 귀족으로서의 마지막 책임을 다하려는 것으로 보이기도 한다.

또 영지 경매를 두고 아무것도 하지 않는 무능력한 모습을 그녀의 신분이 귀족이라는 점에 집중해 다시 생각해 보면, '못 하는 것'이라기보다는 '안 하는 것'일 수도 있다. 이제 그녀에게 마지막으로 남은 그 영지만이 그녀가 귀족임을 증명하기 때문이다. 로파힌의 제안대로 이 영지를 별장 임대로 내놓게 되면 영지는 지킬 수 있겠지만, 그와 동시에 그녀는 더 이상 귀족이 아닌 별장 임대 사업자로 전락하게 되는 것이다. 어쩌면 자신의 삶의 근간을 송두리째 바꾸는 일이니, 선뜻 행할 수 없는 것이 당연할지도 모른다.

무슨 진실? 당신은 어디에 진실이, 또 거짓이 있는지 보이겠지만 나는 시력을 잃은 건지 아무것도 보이지 않아요. 당신은 모든 중요한 문제들을 용기 있게 결정하는 것 같지만, 이봐요 젊은이, 어쩌면 그건 당신이 아직 젊어서 자기 자신의 문제를 제대로 겪어본 일이 없기 때문에 그런 것 아닐까요? 당신은 담대하게 앞만 바라보고 있지만, 그건 진짜 인생이 당신의 시선 너머에 숨어 있어서 끔찍한 것들이 제대로 보이지 않기 때문에 그런 것 아닐까요? 당신은 분명 우리보다 용감하고 정직하고 진지하지만, 좀 더 깊이 생각해 보세요. 손톱만큼이라도 괜찮으니 너그러운 마음으로 나를 받아들여 보세요.

위의 인용은 한 번만이라도 진실을 똑바로 바라보라는 트로피모프의 충고에 류보피가 한 답의 일부이다. 물론 뛰어난 논리를 바탕으로 한 말은 아니다. 하지만 그녀의 말에는 젊은 트로피모프와는 달리 그녀가 살면서 다양하고 끔찍한 경험들을 많이 겪어왔으며, 그 과정에서 그간의 삶에 대해 깊이 성찰해 왔음이 기저에 깔려 있다. 또 앞서 남편의 죽음 뒤 새로운 남자를 사랑하는 바람에 그 죄로 아들이 죽었다며 천벌을 거둬달라는 류보피의 모습 등을 보면 그녀도 자신의 삶을 되돌아본다는 것을 다시 한번 확인할 수 있다. 그러나 병에 걸렸다면서 과거의 배신에 대한 용서를 구하는 옛 남자에게 결국 돌아가기로 마음먹은 그녀이기에, 성찰로 인한 큰 변화는 없을 것이라 짐작된다.

이제 정말로 모든 게 잘됐어. 벚꽃 동산이 팔리기 전에는 모두가 걱정하고 괴로워했지만, 이제 그 문제가 다시 돌이킬 수 없이 확실하게 결정된 뒤에는 모두 마음을 놓고 유쾌해졌잖아. 심지어…… 나는 은행원, 이제 어엿한 금융업자가 됐지. 노란 공은 한가운데로……. 그리고 류바, 어쨌든 넌 더 예뻐졌어. 분명히 그래.

벚꽃 동산이 경매를 통해 최종적으로 로파힌에게 넘어간 후, 가예프가 류보피에게 건넨 말이다. 류보피 역시도 오빠의 말에 전보다 기분이 나아졌다고 밝힌다. 남매는 우리가 일반적으로 떠올리는 가산 탕진으로 인한 슬픔과 괴로움, 미래에 대한 걱정, 로파힌에 대한 복수심 등을 가지기보다는 오히려 홀가분해하는 아이러니한 모습을 보인다.

누구든지 오랫동안 걱정하고 염려하던 일로 조마조마했던 경험이 있을 것이다. 기대 이하로 못 봤던 시험을 생각하면 비슷할 듯하다. 통지표가 집에 도착하기까지 조마조마한 두근거림은 막상 성적을 확인하고 나면 한결 편안해진다. 이미 엎질러진 물이니 말이다. 사람은 언제나 최고점에만 머무를 수 없으며, 떨어질 수 있고, 떨어져 봤기에 다시 오를 수 있다. 물론 류보피의 경우는 시험 성적이 아닌 전 재산이 걸린 문제였으므로 그 충격이 훨씬 컸을 것인데, 그럼에도 철부지 같은 그녀의 담대함이 놀랍다.

이 작품이 우리가 흔히 봐왔던 드라마 같았다면, 류보피는 영지를 구매한 로파힌에 대한 복수심에 불타올라 소위 '막장' 같은 전개가 이어질 수도 있었을 것이다. 하지만 체호프는 이번에도 인물 간의 큰 갈등은 피해갔다. 그렇기에 독자들은 끝없이 몰락해 가는 순수함 가득한 귀부인에 대한 안타까움과 연민을 느끼게 되는 것이다.

엄마! 울어요, 엄마? 착하고 예쁜, 가장 소중한 내 엄마! 나는 엄마를 사랑해요……. 엄마께 축복을 드려요. 벚꽃 동산은 이미 팔렸어요. 이제 벚꽃 동산은 더 이상 없어요. 그래요, 맞아요. 하지만 울지 마요, 엄마. 엄마에게는 아직 앞으로의 나날들이 남아 있어요. 그리고 엄마의 상냥하고 순결한 영혼이 있어요……. 저와 같이 가요. 엄마, 여기서 떠나요! 그곳에서 우리는 새 정원을 꾸밀 거예요. 이보다 더 화려하게요. 그걸 보면 알게 되실 거예요. 기쁨이, 부드럽고 깊은 기쁨이 마치 저녁 햇살처럼 엄마의 영혼에 깃들고, 엄마는 마침내 미소 지을 거예요! 함께 가요, 엄마! 함께 가요!

류보피가 경매 소식을 듣고 홀로 서럽게 울자 딸 아냐가 해준 말이다. 아냐의 말처럼 류보피는 상냥하고 순결한 영혼을 지니고 있다. 또 비록 현실 물정은 모르지만, 따뜻한 마음을 가지고 있다. 게다가 파리에서부터 패닉에 빠져 있던 자신을 데리고 와 이제 슬픔 속에서 함께하자 손을 내미는 아냐와 같은 딸도 있기에, 류보피도 언젠가는 추억 속 벚꽃 동산을 대신할 행복의 새 정원을 얻게 될지도 모른다는 희망을 품을 수 있을 것이다.

② 예르몰라이 알렉세예비치 로파힌

로파힌은 농사꾼의 집안에서 태어났으며, 그의 할아버지 때부터 류보피 가문의 농노 자식으로 자랐다. 그러던 중 1861년에 농노해방령이 내린다. 이때 피르스가 해방을 거부하고 류보피의 집에 남은 것과는 달리, 로파힌의 가족은 자유를 찾아 떠난다.

류보피 안드레예브나는 외국에서 5년을 사셨지. 그동안 어떻게 변하셨을까? 좋은 분이셨는데. 쾌활하고 소탈한 분이었어. 여전히 기억나는군. 내가 열다섯 살 어린애일 때 돌아가신 아버지가 —그때 아버지는 마을에서 작은 가게를 운영하고 계셨지— 주먹으로 내 얼굴을 때렸는데, 코피가 나는 거야……. 그때 무슨 이유인지 모르지만 둘이서 이 저택에 왔었고, 아버지는 취한 상태였어. 기억으로는 류보피 안드레예브나는 젊고 아주 날씬하셨는데, 그분이 나를 세면대로 데려가

시는 거야. 바로 이 방. 아이들 방. 그러고는 "울지 마라, 꼬마 농부야. 장가갈 때까진 낫겠지!"라고 하셨어. 꼬마 농부라……. 사실 아버지는 농부가 맞았으니까. 그런데 나는 이렇게 흰 조끼에 노란 구두를 신고 있으니. 돼지 목에 진주 목걸이가 따로 없지……. 졸지에 부자가 돼서 돈은 많지만, 곰곰이 생각해 보면 농사꾼은 농사꾼이거든. (책장을 들추며) 책을 읽으려고도 해봤지만, 도통 무슨 말인지 알 수가 있어야지. 읽다가 잠들어 버렸어.

로파힌의 말로 볼 때, 열다섯 살에 그의 아버지가 작은 가게를 하고 있었으므로 피르스와는 달리 농노 신분에서 벗어난 것을 알수 있다. 농노 출신의 할아버지, 자식들에게 매를 자주 들었던 상인 출신의 아버지, 그리고 농노 해방을 겪고 자수성가한 인물이라는 점에서 로파힌은 작가 체호프의 유년 시절을 토대로 만들어진인물임을 추측할 수 있다.

로파힌은 대략 20대 후반의 나이일 것으로 추정되며, 현재는 농노해방령 이후 혼란스러운 사회 속에서 크게 성공한 상인이다. 그는 항상 시간을 확인하면서 부지런한 일상을 보낸다. 하지만 가예프는 늘 로파힌에게 상놈이니 구두쇠니 하며 비아냥거린다. 그래서인지 자신의 부단한 노력의 대가로 입고 있는 조끼와 구두를 돼지 목에 진주 목걸이라고 폄하하거나, 책을 읽어도 무슨 이야기인지 이해할 수 없다고 말하는 등 신분과 지식에 대한 열등감을 내비치고 있다.

이 작품이 일반적인 문학작품들과 비슷한 결이었다면, 로파힌은 가예프의 빈정거림을 도화선으로 결국 터져버려 귀족에 반하는 반동 인물이 되었을 것이다. 하지만 체호프는 로파힌에게 몰락 귀족 계층에 대한 반발과 분노 대신 동정심을 부여했다. 그래서 마지막에 로파힌이 영지를 샀음에도 모든 인물에게 이별주를 대접하면서 깔끔하게 헤어질 수 있었던 것이다.

작품에서 로파힌의 동정심은 매우 중요하다. 열다섯 살의 로파힌이 아버지에게 심한 매질을 당했을 때 들었던 류보피의 따스한 말 한마디는 그가 성인이 되어서도 위로로 남아 있었다. 그래서 다시 만난 류보피가 낭비벽이 심하고 허영심이 넘치는 인물이었음에도 몰락하는 그녀를 동정하며 무조건 물심양면으로 지원한 것이다. 또 그녀가 경매를 피할 수 있도록 영지를 분할해 임대하는 방법도 서슴지 않고 조언해 준다.

우리가 경매장에 도착하니 데리가노프가 벌써 와 있었습니다. 레오니드 안드레예비치는 겨우 1만 5천을 가지고 있었는데, 데리가노프는 대뜸 저당액 위로 3만을 더 불렀지요. '음, 판세가 이렇단 말이지?' 하면서 나는 그자와 맞붙어 4만을 불렀어요. 그러니까 저쪽은 4만 5천, 그래서 나는 다시 5만 5천. 그때부터 그자는 5천씩 올렸는데, 난 1만씩 올렸어요……. 네, 뭐 그렇게 끝이 났습니다. 저당액 위에 내가

9만을 더 얹어서 낙찰받은 거지요. 벚꽃 동산은 이제 내 것입니다. 내 것! (껄껄 웃는다) 세상에나 여러분, 벚꽃 동산이 내 것이라니요! 말씀들을 해보세요. 내가 취해서 제정신이 아니라고, 헛것을 보고 있다고…… (발을 구르며) 날 비웃지 마세요! 내 아버지와 할아버지가 이 모든 일을 보신다면 얼마나 좋아하실까요. 그 예르몰라이가, 걸핏하면 매를 맞던 일자무식의 예르몰라이가, 겨울에도 맨발로 사방팔방 뛰어다니던 바로 그 예르몰라이가 세상에 둘도 없는 아름다운 영지를 손에 넣은 모습을 본다면 말이에요. 아버지와 할아버지가 농노였던 이곳을, 그분들은 감히 부엌에조차 들어갈 수 없었던 이 영지를 내가 샀단 말입니다.

이 작품에 등장하는 대다수의 인물은 로파힌을 제외한다면 거의 감성적인 성격을 가지고 있다. 즉, 이성적으로 깊게 사고하기보다는 사람들과의 관계를 중요시하며 주변 상황에 따라 감성적으로 행동하는 인물들이다. 반면, 로파힌은 늘 자신의 계획을 염두에 두고 분주하게 움직이는 유형이다. 그렇기에 극 중에서 로파힌이 저당액에 무려 9만을 얹어 경매를 낙찰받은 것은 일탈에 가까운 행동이다.

벚꽃 동산은 류보피에게는 소중한 청춘과 행복한 추억이 깃든 공간이고, 또한 자부심의 공간이기도 하다. 하지만 로파힌에게 이곳은 2년에 한 번씩 처치 곤란한 버찌가 잔뜩 열리는 단지 넓은 공간일 뿐이었다. 그런데 이곳을 낙찰받았다는 것은 앞서 밝힌 그의 신분에 대한 열등감 때문이라 추측된다. 성공한 상인답게 이해득실을 최우선으로 따지는 그였지만, 아버지와 할아버지는 농노였기에 감히 들어갈 수도 없었던 영지를 주인으로서 떳떳하게 거닐고 싶었던 것이다. 다만 로파힌은 벚나무를 모두 베어내고 허허벌판으로 만들어 별장 임대지로 조성하려는 것이 류보피 일가와의 차이이다.

벚꽃 동산의 소유 이전은 극을 떠나서도 다양한 의미를 지닌다. 류보피 가족은 귀족으로서 구시대를 상징하는 인물이고, 로파힌은 과거에는 없었던 신흥 계층이다. 그래서 경매 낙찰로 인한 소유 이전은 구시대의 소멸과 새로운 계층의 부상을 의미한다. 여기에 벚나무까지 베어내는 것은 구체제의 해체를 상징하는 것이다. 체호프는 러시아의 작가였기에 벚꽃 동산이 곧 러시아를 상징한다는 것은 쉽게 유추할 수 있다.

경매 이후 모두와 이별할 때가 오자 로파힌은 양귀비 농사로 4만 루블을 벌었다고 밝히며, 트로피모프에게 여비를 빌려주려 한다. 아마 살면서 다시 만날 일은 없을 것이기에 돌려받을 생각조차 하지 않았을 것이다. 이는 아마도 과거 트로피모프와 했던 대화의 영향일 듯싶다.

인류는 자신의 능력을 키우며 진보하고 있습니다. 지금 인간의 능력이 닿지 않는 모든 것들이 언젠가는 친숙하고 알기 쉽게 다가올 것입니다. 그러기 위해서 우리는 마땅히 일을 해야 합니다. 그리고 온 힘을 다해서 진리를 탐구하는 사람들을 도와야 합니다. 지금 우리 러시아에서는 극히 소수만 일을 하고 있어요. 내가 아는 대부분의 인텔리겐치아는 아무것도 추구하지 않고, 아무 일도 하지 않을 뿐만 아니라, 지금으로서는 일할 능력도 가지고 있지 않습니다. (중략) 다른 한편에서는 그들 모두가 보는 앞에서 노동자들이 구역질이 날 것 같은 음식을 먹으며 서른 명, 마흔 명씩 한 방에 누워 베개도 베지 못하고 잠듭니다.

트로피모프는 이처럼 노동의 중요성을 강조한다. 하지만 여전히 본인은 만년 대학생 신분을 벗어나지 못하는 한계가 있다. 즉, 아무 일도 하지 않는 인텔리겐치아는 본인을 가리키는 말이다. 트로피모프는 자신의 가치관을 행동으로 옮기지는 못하면서 사회가 자신의 이론대로 돌아가기를 기대만 하는 소극적 인물이라는 점에서 로파힌과는 반대되는 인물이다. 트로피모프의 이런 성향은 로파힌도 충분히 인지하고 있다. 그럼에도 로파힌이 그에게 여비를 주려는 것은 무엇 때문일까?

그만두세요, 그만둬……. 20만을 준다고 해도 난 받지 않을 거니까. 난 자유로운 인간이오. 부자든 가난뱅이든 상관없고, 당신들 모두가 떠받들고 귀히 여기는 것들도 나한테는 아무런 영향도 미치지 못하오. 그런 건 공중에 떠다니는 깃털이나 다를 바가 없지. 난 당신 없이도 잘 살 수 있고, 당신 옆을 마음대로 지나칠 수도 있소. 난 강하고, 긍지도 있으니까. 인류는 이 지상에서 가능한 최고의 진실, 최고의 행복을 향해 나아가고 있소. 그리고 난 그 맨 앞줄에 있지!

강하고 긍지가 있기에 로파힌의 호의를 거부한다는 트로피모프. 자신은 최고의 행복을 향해 나아가는 맨 앞줄에 있다는 그의 말 너머로 멀리 나무에 도끼질하는 소리가 들리는 것으로 보아 그는 아마도 실패할 것이다. 농부의 자식에서 대상인이 되기까지 산전수전을 다 겪으며 살아온 로파힌은 맨손으로 세상에 뛰어든다는 게 얼마나 고될지 이미 다 꿰뚫고 있었을 테고, 그래서 자존심 강한 철부지 트로피모프의 열정을 응원하며 일종의 후원을 하고 싶었을 것이다. 또 어쩌면 그 기저에는 앞서 살펴봤듯 지식에 대한 목마름과 열등감도 있었을지 모른다.

그런데 천하의 로파힌도 못하는 게 있었으니, 바로 사랑이다. 극 중 등장하는 거의 모든 인물은 로파힌과 바랴를 맺어주지 못해 안달이다. 가예프는 로파힌을 '바랴의 신랑'이라 말하고, 트로피모프는 연회 중 바랴를 '마담 로파힌'이라고 놀리며, 류보피 역시도 마지막 작별의 순간까지 바랴를 로파힌과 맺어주기 위해 노력한다. 하지만 로파힌은 어려서부터 누구에게 사랑을 받아본 적이 없다. 그 때문에 누구를 사랑하는 것도 쉽지 않아 보인다. 그래서 바랴에 대한 로파힌의 관심은 쉽게 예측하기가 어렵다. 예를 들어, 로파힌은 바랴를 부를 때 생뚱맞게도 소 울음소리를 낸다. 이는 어린 남자아이가 자신이 좋아하는 여자아이에게 진심을 솔직히 표현하지 못해 놀리거나 골려주는 것과 같은, 일종의 애정표현으로 볼 수도 있다. 그리고 류보피가 둘의 혼담을 마무리했다고 농담을 할 때는 자신을 《햄릿》의 주인공 햄릿에, 바랴를 오필리아에 비유함으로써 속마음을 드러내기도 한다. 그러면서도 햄릿이 오필리아에게 내뱉은 난폭한 폭언과 따뜻한 애정을 담아 했던 말을 번갈아 언급하며 속내를 알 수 없게 한다. 또 막상 바랴와 마주쳐도 미묘한 감정 속에서 일상적 대화만을 어색하게 주고받을 뿐이다. 이는 능력 있는 로파힌이 사랑에 대해서만큼은 어리숙하고 풋풋함을 잘 보여주는 대목이다.

내 생각에는, 우리 사이에는 아무 일도 일어나지 않을 것 같아. 그 사람은 일이 너무 많아 나에게까지 신경을 쓸 겨를이 없거든…… . 관심도 전혀 없는 것 같던데 뭘. 자기 마음대로 하라지! 다만 그 사람을 보기가 민망할 뿐이야…… . 모두 우리 결혼 이야기를 하면서 축하하지만, 실제로는 아무런 일도 없다고. 다 꿈같은 이야기일 뿐이지…… .

그리고 이와 같은 바랴의 말은 결국 복선이 된다. 류보피가 작별의 자리에서 로파힌에게 마지막으로 청혼 자리를 주선하며 바랴를 부르지만, 두 사람은 서로의 행선지만 물을 뿐 혼담은 정말 꿈 같은 이야기가 되어버린다. 또 로파힌은 이제 벚꽃 동산의 주인이자 현실에 안주하지 않고 다음 사업을 위해 떠나는 발전을 거듭하는 존재로, 과거의 로파힌과는 또 다르다. 비록 바랴는 성실하고 참한 여성이지만, 이제 로파힌은 농가 출신인 그녀보다는 더 나은 여성을 바랄 수 있게 된 것이다.

그래서 마지막 만남에서 로파힌은 바랴에게 작년 이맘때는 눈이 왔는데 지금은 화창하다고 말하고, 바랴는 보지 못했다고 답한다. 이 대목을 잘 생각해 보면, 로파힌이 작년 이맘때까지는 그녀를 마음에 두고 있었던 것으로 짐작할 수 있다. 그렇다면 류보피가 로파힌에게 전부터 바랴를 좋아했었냐는 물음에 긍정의 뜻을 내비친 것도 수긍이 간다. 다만 현재형인 '좋아한다'가 아니라, 과거형인 '좋아했었다'였던 것이다.

로파힌이 낙찰받은 벚꽃 동산이 이후 그에게 득이 될지 실이 될지는 아무도 모른다. 또 그가 바랴와의 긴 사랑의 줄다리기를 요즘 말로 '썸'의 단계에서 끝내고 만 것을 후련해할지 아니면 후회할지도 역시 아무도 모른다. 다만 한 가지 확실한 것은 사업이든 사랑이든 모든 일에는 다 때가 있기에, 우리도 항상 로파힌처럼 준비되어 있기 위해 노력해야 한다는 것이다. 누구에게나 인생은 타이밍이다.

3. 톺아보기

① 체호프 희곡의 특징

체호프가 《벚꽃 동산》을 어떻게 구상했는지 알기 위해, 1903년
9월 15일 연극 연출가 스타니슬라브스키에게 쓴 편지를 살펴보자.

그 누구도 믿지 마십시오. 살아 있는 영혼은 아직 내가 쓴 희곡을 읽
지 않았습니다. 나는 당신을 위해 '불성실한 위선자'의 역할이 아닌,
당신이 만족할 만한 아주 좋은 소녀의 역할을 썼습니다. 지금 쓰는 이
희곡은 거의 마무리되어 가는데, 나는 8~10일 전부터 기침과 신경쇠
약으로 몸이 많이 약해졌습니다. 사실 작년의 일이 다시 반복되었습
니다. 오늘도 내 상태는 그리 좋지 못합니다. 날도 따뜻해지고 기분도
나아졌지만, 머리가 여전히 아파서 도저히 글을 쓸 수가 없습니다. 올
가는 내가 펜을 잡도록 두지 않을 것입니다. 몸이 나아져 온종일 일에
몰두할 수 있게 되면, 최대한 빨리 4막을 함께 보내겠습니다. 이 희곡
은 연극이 아닌 희극으로 썼습니다. 이 희곡의 어떤 부분은 차라리 익
살극처럼 보이게 썼습니다.

이 편지는 체호프가 결핵의 악화로 이주한 얄타에서 보낸 것이
다. 편지의 내용으로 보아 그의 몸 상태가 극도로 나빠진 것을 알
수 있다. 그래서 아내 올가가 글쓰기를 자제시키는 모양이다.

이 편지에서 지칭하고 있는 희곡이 바로 《벚꽃 동산》이다. 체호프는 이 작품을 창작 당시부터 희극으로 정해두었다. 당시에는 연극이라는 것은 곧 비극을 뜻했기에, 편지에서 이 작품은 연극이 아닌 희극임을 분명히 해두고 있다. 《벚꽃 동산》을 류보피 중심으로 본다면 러시아 귀족계급의 몰락을 담은 비극일 것이고, 로파힌 중심으로 본다면 신흥계급으로 인한 새로운 질서가 도래하길 희망하는 희극일 것이다. 하지만 편지 내용으로 볼 때 체호프는 결국 재미있는 희곡을 쓰고 싶어 했음을 알 수 있다. 그렇다면 《벚꽃 동산》에 담겨 있는 체호프 희곡의 특징과 여기에서 드러나는 희극적인 부분은 무엇인지 살펴보자.

일단 체호프의 극은 중심인물과 주변 인물을 구분하기가 쉽지 않다. 앞서 분석한 류보피와 로파힌이 전체적인 이야기를 이끌어가는 주인공이기는 하지만, 나머지 인물들도 적지 않은 대사량과 더불어 소소한 이야기들을 가지고 있다. 또 선악을 기준으로 등장인물을 주동, 반동으로 나누기도 어렵다. 그래서 자연스럽게 극적인 사건들이 무대에 드러나지 않는다. 그뿐만 아니라 체호프의 희곡 속 극적인 사건들은 이미 종결되어 주어지는 경우가 많다. 예를 들어 류보피의 경우 이야기의 시작 전 이미 파산과 이별을 겪은 뒤였다. 또 영지 경매 낙찰은 《벚꽃 동산》의 가장 핵심적인 사건일 수 있었지만, 이미 결과가 나온 뒤 인물을 통해 전달하는 정도에 그친다. 그렇다 보니 체호프의 희곡은 극적이기보다는 일상적이며, 관점에 따라 어느 등장인물이든 주인공으로 생각할 수 있게 하는 해석의 다양성을 제공한다.

또 체호프는 희곡에 '사이'를 매우 효과적으로 활용해 자신의 생각을 전달하고 있다. '사이'는 희곡의 대사와 대사 사이에 적혀 있는 일종의 지시문인데, 잠시 멈추거나 쉬었다가 다시 말하는 쉼표와 같은 역할을 한다. 체호프는 이를 통해서 긴장감을 끌어올리기도 하고, 인물의 생각에 몰입시키기도 하며, 때로는 전혀 생각지 못한 엉뚱한 것을 제시해 웃음을 이끌어내기도 한다. 예를 들어 로파힌이 바랴에게 기온이 영하 3도여서 너무 춥다고 말하는 장면에서, 바랴의 답변에 '사이'를 두고 집에 있는 온도계가 깨져 있었음을 밝혀 사실은 영하 3도가 아니었음을 보여주는 것 등이 이에 해당한다.

그뿐만 아니라 체호프는 기존 희곡들처럼 인물들 간의 대화를 통해 사건의 절정으로 긴밀하게 전개하기보다는 인물들이 동문서답을 하게 해 의사소통이 단절되어 있음을 자주 보여준다. 이 때문에 인물들이 각자 자기 이야기만 하는 경우가 잦다. 예를 들어 로파힌은 별장 임대 사업에 대해 열변을 토하고, 류보피는 파리에서 온 전보에 대해 이야기하고, 가예프는 백 년 전에 만들어진 책장에 대해 이야기하지만 정작 인물들은 이 상황이 매우 익숙한 듯 다음으로 나아가는 식이다. 이러한 대화의 전개는 관객들에게는 웃음을 유발하는 희극적 요소로 작용하기도 한다.

또 나이와 상황에 어울리지 않는 모습의 인물들을 통해서도 희극적 요소를 구성한 것으로 보인다. 경매로 영지를 잃을 상황인데도 현실 파악을 못 하는 푼수 같은 류보피, 늘 알사탕을 굴리며 당구 용어를 외쳐대는 가예프, 바랴를 부를 때 소 울음소리를 내는 로파힌, 대머리에 듬성듬성한 턱수염을 기르는 만년 대학생 트로피모프, 가정교사라는 신분과 어울리지 않게 마술 및 복화술이 주전공인 샤를로타, 집안 회계원으로 매일 스무 가지의 불행을 겪는다는 에피호도프, 다른 사람의 알약을 몽땅 삼켜버리거나 오이 절임을 반 통씩이나 먹어치우는 괴짜 지주 피시크. 이들 모두는 주변에서 한 번쯤은 보았을 법한 모습으로 관객에게 웃음을 준다.

한편 이런 시끌벅적함 속에 결국 가장 마지막까지 무대에 남는 87세의 하인 피르스의 모습은 웃음과 더불어 쓸쓸한 느낌을 받게 한다. 나이가 많아서 3년째 귀가 잘 들리지 않아 늘 혼자 중얼거리며, 현실에 적응하지 못하는 모습은 관객에게 소소한 웃음을 준다. 하지만 그는 여전히 집사의 정복을 차려입고, 이미 기울어진 집안 형편을 걱정한다. 그뿐만 아니라 경매가 끝나고 모두 떠나간 뒤에 존재감이 없어 홀로 남겨진 상황에서조차 가예프의 가벼운 옷차림을 걱정하는 모습은 그저 안쓰럽게 느껴진다.

인생이 다 지나가 버렸어. 얼마 산 것 같지도 않은데……. (눕는다) 눕자……. 이제는 힘도 없고, 남은 거라곤 아무것도 없어, 아무것

도……. 에이, 이놈아……. 등신아! (누운 채 꼼짝하지 않는다)

    홀로 남은 피르스가 자책하며 내뱉는 《벚꽃 동산》의 마지막 대사는 왠지 모르게 먹먹하다. 또 누구나 피할 수 없는 인생의 마지막 순간을 통해 우리가 이미 지나가 버린 과거와 앞으로의 미래를 다시 한번 생각해 보게 만든다.

② 〈양반전〉과 《벚꽃 동산》
《벚꽃 동산》은 19세기 말 러시아의 농노해방 이후 귀족계급의 몰락과 중산층의 급부상을 기저로 쓰였다. 그래서 이로 인한 사회적 불평등, 계급 갈등, 문화적 변화의 흐름이 드러난다. 우리나라도 18세기 조선 후기부터 이와 유사한 모습이 있었다. 이 시기 조선은 임진왜란과 병자호란을 거치면서 엄격했던 사회질서가 무너지고, 새로운 사회의 움직임이 나타난다. 특히 농업 생산량 증대와 상공업의 발달로 새롭게 부를 축적한 부농층과 신흥 상공인 계층이 대두된다. 이들은 경제적으로 높은 지위를 차지하게 되자 신분 상승을 꾀했고, 이로 인해 신분제가 흔들리게 됐다. 반면 양반의 경우 양란을 거치면서 경제적으로 몰락하는 경우가 발생한다. 이들은 양반으로서의 체면을 버리고 농사를 짓거나 궁핍한 생활을 할 수밖에 없었다. 조선의 경우 러시아와 같은 농노해방령이 내리지는 않았으나, 전쟁으로 부족해진 재정을 마련하기 위해 국가 차원에

서 평민들에게 돈을 받고 납속책이나 공명첩을 발행해 신분 해방, 군역 면제, 관리 임명 등의 특전을 주었다. 이러한 당시 모습을 잘 드러내고 있는 것이 바로 박지원의 〈양반전〉이다. 그 내용을 살펴보면 다음과 같다.

정선군에 한 양반이 살고 있었다. 그는 평소 성품이 어질고 글 읽기를 좋아해 군수가 새로 부임하면 몸소 그를 찾아와 인사할 정도였다. 이 양반은 집이 가난해 해마다 고을의 환곡을 타다 먹었는데, 그것이 쌓여 어느덧 천 석이 넘었다. 어느 날 관찰사가 이 사실을 알고는 노여워하며 당장 양반을 잡아 가두라고 지시했다. 군수는 양반이 갚을 힘이 없다는 걸 알고 있기에 어쩔 줄 몰라 했고, 양반은 밤낮으로 울기만 했다. 이 모습을 본 아내는 기가 막혀서, 양반이야말로 한 푼어치도 못 된다며 비난한다.

한편 그 동네에는 부자 하나가 살고 있었다. 평소 부자는 양반은 가난해도 늘 귀하게 대접받지만, 자신은 돈이 많아도 비천한 대접을 받는다는 생각에 억울함을 품고 있었다. 그때 마침 양반의 사정을 들은 부자는 밀린 환곡을 갚아주는 대신 양반 신분을 팔라고 제안하고, 방법이 없던 양반은 결국 이를 수락한다.

군수는 양반이 환곡을 모두 갚은 것을 놀랍게 생각해 양반을 찾아가 이 사정을 알게 되었고, 이후 고을의 백성을 불러서 증인을 세우고 신분 매매에 대한 증서를 만든다. 이 증서에는 양반이 반드시 지켜야 할 도리가 쓰여 있었다. 그 내용은 손으로 돈을 만지지 말고, 더워도 버선을 벗지 말며, 국을 먼저 훌쩍 떠먹지 않는 등과 같이 허례허식에 관한 것이었다. 이에 부자가 불만을 표하자 군수는 문서를 다시 작성한다. 하늘이 백성을 낳을 때 넷으로 구분했는데 그중 가장 높은 것이 양반으로, 농사도 안 짓고 장사도 안 하며 남의 소를 끌어다 자신의 땅을 먼저 갈 수 있고 마을 일꾼을 잡아다가 일을 시켜도 누구도 원망하지 못할 것이라는 등의 위선적인 내용이었다. 부자는 자신을 도둑놈으로 만들 작정이냐며 머리를 흔들고는, 다시는 양반이라는 말을 입에 올리지 않았다.

〈양반전〉의 양반을 보고 있으면 《벚꽃 동산》의 류보피가 바로 떠오를 것이다. 양반은 그야말로 무능력의 끝을 보여준다. 무작정 나라로부터 쌀을 빌려다 먹고는, 막상 갚을 대책은 전혀 없이 울기만 할 뿐이다. 류보피 역시도 영지를 별장지로 임대하라는 로파힌의 조언은 듣지 않으면서 아무런 계획 없이 돈을 빌려 쓰기 바쁘다. 그렇게 양반은 아내에게, 류보피는 로파힌이나 트로피모프 등에게 비판을 피할 수 없었다.

이어 〈양반전〉의 부자는 《벚꽃 동산》의 로파힌을 떠올리게 한다. 두 사람 모두 새로운 시대에 경제적 수완을 통해 부자가 된 신흥 계층이다. 또 부자는 당시 상위 계층의 상징이었던 양반이라는 신분을, 로파힌은 귀족의 상징이었던 영지를 손에 넣는다. 그리고 두 이야기 모두 해당 과정을 통해 당시에 몰락해가는 집권 세력의 모습을 비판하고 있다. 다만 〈양반전〉에서는 부자가 양반을 도둑과 같이 취급하며 양반이 되기를 포기하는 장면으로 당시 양반 계층에 대해 더욱 통렬하고 날 선 비판을 했다면, 《벚꽃 동산》에서는 로파힌이 영지를 손에 넣었음에도 류보피에게 충분한 시간적 여유를 주고 벚나무 역시 당장 다 베어내지 않는 배려를 하며 마지막에는 축배를 들면서 헤어지는 인간미를 보여준다.

③ 조선 시대의 체호프, 연암 박지원

〈양반전〉의 저자 연암 박지원은 조선 후기를 대표하는 실학사상가이자 9편의 한문 소설을 발표한 작가이기도 하다. 특히 박지원은 참신한 문체를 사용한 것으로 유명하다. 당시 조선 시대 선비들에게는 중국의 두보나 이백과 같은 고문체 사용이 절대적이었는데, 박지원은 일상에서 말하는 구어체를 사용하

박지원 (1737~1805)

여 소설처럼 참신하게 글을 썼다. 이러한 모습은 체호프가 일상의 사람들과 그들의 이야기를 있는 그대로 표현한 모습과 닮았다. 또 체호프가 당대 희곡이 대부분 5막 중심이었음에도 4막을 고집한 것처럼, 박지원도 《열하일기》를 통해 자신만의 글쓰기를 확실하게 보여주었다. 《열하일기》는 박지원이 청나라를 다녀와 쓴 기행문으로, 당시 인기가 대단했다. 특히 청나라를 통한 깊이 있는 사유를 표현하고자 할 때는 주제별 편집을 하고, 여행과 신문물을 접하는 즐거

움은 날짜별 편집을 하는 등 당대 지식인들은 미처 생각하지 못했던 창의적인 방법을 사용했다. 이렇듯 박지원이 선진국을 방문해 신문물을 접하고 느낀 점을 글로 남긴 것은, 사할린 방문으로 인간 존재의 본질에 대해 깊은 회의감을 가지게 된 체호프와 마찬가지로 새로운 곳을 탐방하여 큰 깨달음을 얻게 된 유사한 사유 과정이라 볼 수 있다.

체호프의 소설이 다른 수많은 작가에게 영향을 미쳤듯이,《열하일기》의 인기가 높아짐에 따라 당대 선비들이 이를 본받아 그의 글쓰기 방식이 유행하게 된다. 그러나《열하일기》는 10년 후 정조에게 문체반정(文體反正)의 주원인으로 지적된다. 이는 잘못된 문체를 바로잡고자 했던 정책이다. 정조는 일상의 감정을 담은 소설 같은 문체에 양반들이 빠지게 되면, 옛 성현들이 쓴 고문체의 글을 통한 배움을 등한시하게 될 것이라 생각했다. 하지만 박지원의 재능만큼은 아꼈던 정조는 그에게 벌을 내리는 대신 반성문을 작성하게 하는데, 박지원은 관직에 큰 뜻이 없었기에 반성문 대신 사죄의 말을 올려 교묘하고도 두루뭉술하게 위기를 넘긴다. 이렇듯 박지원은 입신양명이라는 권력에 갇히는 대신 자유로움 속에서 다양한 지성들과의 폭넓은 교류를 선택했다. 그렇기에 연암의 글은 오늘날까지 남아 널리 읽히는 것이다. 이는 자신의 글 속에 정치적 신념과 메시지 대신 평범하고 사소한 것들을 채워 넣었던 체호프와 일맥상통한다.

이처럼 박지원과 체호프는 주변의 경향이나 위기에 흔들리지 않고 자신만의 길을 걸었다. 마찬가지로 우리의 삶에도 언제든 큰 변화의 파도가 닥쳐올 수 있다. 하지만 거기에 휩쓸리지 않고 오롯이 나만의 리듬으로 파도에 몸을 맡기다 보면 결국 모든 일이 생각대로, 믿는 대로 흘러가게 될 것이다.

연극에는 쓰지 않을 장치라면 없애고, 등장한 요소라면 반드시 사용되어 그 효과가 이어져야 한다는 '체호프의 총'이라는 이론이 있다. 즉, 이야기에 무의미한 부분이 없어야 한다는 것이다. 이처럼 서로 각자의 리듬으로 자리 잡은, 혹은 자리 잡게 될 우리의 나날이 연극으로 상연되어 대단원을 완성할 '체호프의 총'이 되길 기대해 본다.

세 계 문 학 을 읽 다 11

안톤 체호프를 읽다

1판 1쇄 발행일 2024년 5월 20일

지은이 최준호

발행인 김학원
발행처 (주)휴머니스트출판그룹
출판등록 제313-2007-000007호(2007년 1월 5일)
주소 (03991) 서울시 마포구 동교로23길 76(연남동)
전화 02-335-4422 **팩스** 02-334-3427
저자·독자 서비스 humanist@humanistbooks.com
홈페이지 www.humanistbooks.com
유튜브 youtube.com/user/humanistma **포스트** post.naver.com/hmcv
페이스북 facebook.com/hmcv2001 **인스타그램** @humanist_insta

편집책임 문성환 **편집** 윤무재 **디자인** 장혜미
용지 화인페이퍼 **인쇄** 청아디앤피 **제본** 민성사

ⓒ 최준호, 2024

ISBN 979-11-7087-157-6 44800
      979-11-6080-836-0 (세트)